세 명의 왕비들

세 명의 왕비들

"세상이 저물고 해가 새롭게 뜨는 아침이 되면
자연스럽게 만나게 될 날이 올 거야."

원윤서 소설

누구도 넘볼 수 없는 파르셀로니 왕국의 푸른색 성,
그곳에서 아무도 모르게 태어난 왕자 네타의 동화같은 이야기

목차

♔ 파르셀로니 왕국

옛날에 파르셀로니 왕국이 존재했다. 그 왕국은 이전부터 많은 국가들이 노리는 작은 토지였다. 모든 왕국들이 백성들을 끌어모아 토지를 차지하기 위해 전쟁을 수도 없이 일으켰다. 전쟁에서 승리를 거머쥔 나라는 패배한 나라를 식민지로 만들어 그 나라의 백성들을 노예처럼 부리기 시작했다. 그러나 파르셀로니 왕국에 있는 푸른색 성에는 그 누구도 넘볼 수 없는 높다란 성벽이 존재했다.

파르셀로니 왕국을 침범하는 나라는 결국 곡식과 열매가 풍성하게 자랄 수 있는 토지부터 잃고 만다는 전설이 내려왔다. 파르셀로니 왕국을 쳐들어올 생각으로 전쟁을 준비하던 베타 왕국은

1년 동안 비가 내리지 않아 많은 백성과 군사들이 따가운 땡볕에 그대로 노출되어 열사병에 걸렸다. 그리고 벼에는 곡식이 열리지 않았다. 백성들은 굶주림과 목마름에 천천히 죽어갔다. 그 이후부터 몰락한 베타 왕국은 동물과 사람의 사체가 사방팔방 널브러져 있었다. 길바닥 위에는 말라 죽은 땅만 존재했다. 베타 왕국의 왕은 자신의 남은 백성들을 부려 시체 치우는 일을 할 수가 없었다. 남은 백성들과 가까운 주변 인물들마저 죽음으로 내몰 수는 없었기 때문이다. 절벽 위 피할 수 없는 죽음으로 내몰린 베타 왕은 패배를 인정하고 자신의 왕국을 버리고 조용히 말 몇 필과 함께 행적을 감추었다.

승리를 거머쥔 파르셀로니 왕국. 푸른색 성벽 안 널따란 식탁 위에 놓여있는 음식들을 젓가락으로 깨작대고 있는 에네타 공주는 깊은 생각에 잠겨있었다. 공주가 가장 애정 하는 가정부 외에 진입할 수가 없던, 적막했던 성벽 안에 축제 분위기의 바람이 스며 들어갔다.

에네타 공주는 침대 위에 깔린 하얀 시트 위에 기를 쓰고 누워 있었다. 머지않아 공주의 다음 세대를 이을 왕자가 태어날 준비를 하고 있었다. 대 여섯 시간이 흐르고 푸른색 성 안에 아기의 우렁찬 울음이 크게 들려왔다. 그렇게 파르셀로니 왕국엔 아기 고추를 달고 태어난 남자 아기가 태어났다. 에르타 왕과 에네타 공주의 사랑 속에 네타가 태어난 것은 가정부 메이 외 그 누구도 알 수 없었다.

백성들이 알 수 없게끔 비밀리에 아기가 무럭무럭 성장하고 있었다. 다음 세대의 가문을 이을 아들이 태어났단 사실을 알게 될 경우 파르셀로니 왕국은 위험에 처할 수밖에 없었다. 즉 가까운 인물이 적이 될 가능성을 염두에 두고 에네타 공주는 자신의 아이를 옆에서 돌 봐줄 가정부 메이 외엔 누구도 옆에 두지 않았다. 그렇게 네타라는 아이는 공부를 게을리하지 않으며 꾸준히 말과 함께 사냥을 나갔다. 혹시 모를 전쟁을 위해 활과 석궁을 다루는 능력과 인내를 키우고 있었다. 네타는 커가면서 사람들과의 친밀한 교류를 원했다. 그러나 에네타 공주는 네타가 마을 사람들과 가까이 지내는 것을 강력하게 말렸다. 네타는 다른 왕국이 알지 못하는 비공식적인 인물로 자라왔다. 심심함을 견디지 못한 네타는 허름한 옷을 입고 마을 시내로 나갔다. 평민의 신분을 가진 사람들과 어울리며 백성들이 사는 삶이 어떠한지, 평소 이들이 하는 놀이와 물건을 교환해 먹고 사는 삶 그 모든 것에 관심을 갖고 유심히 지켜보았다. 에르타 왕과 에네타 공주의 따가운 시선을 피해 왕국 밖에 있는 일반 친구들을 두루 사귀기도 했고 그들과 어울리며 평범한 삶이 무엇인지 새삼 느끼게 되었다. 마을 시내를 하루 종일 떠돌이처럼 걸어 다닌 탓인지 다리에 무리가 온 네타는 왕국으로 돌아가는 발걸음을 재촉했다. 사람들이 다니지 않는 굽이진 길을 돌아가다 보니 왕국에 도착하는 시간이 짐작했던 시간보다 오래 걸렸다.

파르셀로니 왕국에 도착했다. 네타의 아버지인 에르타 왕이 오랜만에 왕국에 머물렀다. 아버지의 시선을 피해 빠른 걸음으로 방 안에 도착한 네타는 옷을 갈아입고 침대 위에 누워 생각했다. 마을에서 얼핏 마주쳤던 어여쁜 여자는 누구 집안의 딸일까.

혼자만의 생각에 갇힌 네타를, 에르타 왕은 꾸짖기 위해 네타의 방문을 똑똑 두들겼다. 에르타 왕은 성난 발걸음으로 성큼성큼 올라와 네타의 방문 앞에 서 있었다.

"네타."

성 안의 내부를 쩌렁쩌렁하게 울리는 성난 목소리였다. 바닥에 떨어진 땀 방울들을 미처 생각하지 못한 네타는 당혹감을 감추지 못했다. 네타는 숨죽여 장롱 안으로 재빠르게 숨어들었다. 에르타 왕은 마을로 나가지 말라고 당부했던 말들을 무시한 아들을 몇 번이고 이해하려 했지만, 마음속으로 끓어오르는 화를 참을 수가 없었다. 네타는 장롱의 문을 반쯤 열어 얼굴을 내민 채 말했다.

"아버지?"
"그래 나란다. 문 좀 열어 주겠니?"

오랜만에 듣는 낮은 저음의 목소리가 반가웠지만, 어머니 몰래 왕국 밖을 드나들었다는 사실을 안 아버지가 무섭기도 하고 두려웠다. 네타는 겁에 질린 발걸음으로 문 앞으로 다가갔다. 조심스럽게 잠겨 있던 방문을 열었다. 에르타 왕은 아들의 얼굴을 보자 화가 누그러지며 입가에 웃음꽃이 피우며 말했다.

"네타, 오랜만이구나."

혼날 것이라 생각했던 네타는 반가운 아버지의 온화한 얼굴을 보자 안락함을 느꼈다. 차오르는 눈물을 머금은 채 에르타 왕의 가슴팍에 얼굴을 파묻은 채 말했다.

"보고 싶었어요."

"잘 지냈니?"

"물론이죠."

"혹시 메이 몰래 성 밖을 돌아다니는 것은 아니지?"

"아니에요."

"절대로 성 밖을 외출해서는 안 된단다."

"네."

"잠을 자려던 중이었구나."

"네."

"그럼 마저 쉬려무나."

"네."

오랜만에 뵙는 아버지에게 묻고 싶은 것은 산더미만큼 많았다. 하지만 피곤함이 가득 차 있는 아버지 얼굴의 안색이 좋지 않자 궁금했던 수많은 질문은 이따금 가슴속으로 묻을 수밖에 없었다.

에르타 왕은 철없이 가슴팍에 안기는 네타의 행동을 보며 한숨을 내쉬었다. 백성들이 네타의 얼굴을 익히는 순간 파르셀로니 왕국에 대를 이을 왕자가 있다는 소문이 돌며 왕국을 쳐들어올 준비를 계획하는 자들이 늘어난다는 것은 온 가족을 위협할 수 있는 누군가가 쳐들어올 가능성과 위험이 존재한다는 뜻이었다.

에르타 왕은 긴 시간 동안 방문하지 않아 먼지가 한가득 쌓여 있는 서재에 들렀다. 이 장소만큼은 에네타 공주도 쉽게 접근하지 못하게 막은 공간이기도 했다. 다른 왕국에 들러 보고 느꼈던 그 모든 것들을 자신만 알아볼 수 있는 문양과 모양, 서체로 남기기 위해 흥분했던 마음을 가라앉히고는 책상 위 붓글씨를 쓸 수 있는 널따란 유산지를 활짝 펼쳐놓았다. 다른 왕국으로부터 파르셀로니의 푸른색 성이 무너질 경우를 대비해 헤르만세 왕국 아가타 성에 머물며 예비정책을 구상하다 돌아온 이후였다. 자신만이 알아볼 수 있는 문양으로 그려둔 아가타 성의 지도와 푸른색 성의 지도를 한 눈에 볼 수 있게끔 먹으로 표시하던 중 성 밖에서 총소리가 크게 울려 퍼졌다. 파르셀로니 왕국 주변을 어슬렁거리는 사냥꾼들의 짓이었다. 총소리가 또 한 번 크게 들려왔다.

파르셀로니 왕국을 버리고 헤르만세 왕국인 아가타 성으로 도

피해야 할 때가 가까워진 듯했다. 에르타 왕의 불안한 예감은 틀리지 않았다.

네타는 귀를 기울여 숲에서 나는 인기척을 쫓아 총소리가 나는 곳으로 망원경을 펼친 후 아버지가 만들어주신 지도의 좌표를 보고 좌표 지점을 맞추었다. 호랑이의 가죽을 벗겨 만든 호피 문양의 가죽을 두른 두 명의 사냥꾼이 새가 떨어진 곳으로 향했다. 그중 한 명 손에는 이미 토끼 두 마리가 있었다. 파르셀로니 왕국의 먼발치에 있는 숲이었지만 네타는 그들이 언제 성벽을 넘을지 모르는 일이었기에 두려움을 느꼈다. 이럴 때마다 네타는 성 밖 알고 지낸 몇몇 친구들과 전갈을 주고받는 매개체가 있었으면 좋겠다는 생각을 했다. 저기 날고 있는 새 한 마리가 우연히 자신의 열려있는 창문으로 들어왔으면 했다. 두 사냥꾼은 바닥으로 추락한 채 얄팍한 날갯짓을 지속하는 독수리를 능수능란한 손짓으로 들어 올렸다. 생각보다 적은 크기의 독수리를 겨냥했는지 짧은 탄성을 내지르며 커다란 한 손에 쥐고 있는 두 마리의 하얀 토끼를 보며 흡족해했다. 하늘의 달이 점차 높게 떠오르자 사냥꾼들은 숲에서 자리를 뜨려고 가파른 산을 급하게 내려가고 있었다. 네타는 그들의 사냥법을 눈으로 익히고 말을 타며 활을 쏘는 등의 사냥법을 따라 하기도 해서 그들을 적으로 판단하지는 않았다.

네타는 큰 방을 온종일 아무런 생각 없이 누워있기도 책을 펼쳐보기도 해봤지만, 집중이 되지 않았다. 천천히 떠오르는 저녁빛 달을 보며 나에게 어여쁜 여동생이 생겼으면 이런 지루한 하루의 일상이 계속되지는 않을 것이라는 생각을 품고는 했다. 어둑한 저녁이 되고 가정부 메이가 방문을 노크했다.

네타의 사냥

"네타, 자는 중인가요?"

네타는 어린 동생을 갖고 싶은 투정에 메이의 물음에 답하지 않았다. 응석 부리며 자는 척이라도 하고 싶었다.

"공주님과 왕께서 기다리고 계세요. 내려와서 같이 저녁 식사해야죠."

네타는 굼뜬 눈꺼풀의 움직임을 몇 번 하다 방문을 열자, 메이가 말했다.

"무슨 고민 있나요?"

"고민 있어요."

"무슨 고민이죠?"

"동생을 갖고 싶어요."

"동생이요?"

"네, 예쁜 여동생과 함께 이 성 안을 노닐고 싶어요."

메이가 웃으며 말했다.

"언젠가는 네타에게도 어여쁜 동생이 생길 거예요."

"정말인가요?"

"저는 일절 거짓말을 하지 않는걸요. 어머니와 아버지에게 간절하게 부탁해봐야겠어요."

"그럼 같이 내려가서 식사하죠."

네타가 고개를 끄덕거렸다. 천천히 나무 계단을 내려오자 부엌에는 긴 초들이, 주방의 빛을 더해 차려진 음식들이 더욱 입맛을 돋웠다. 입가에 침이 고일 시점 뒤따라온 메이가 말했다.

"네타, 자리에 앉으세요. 모두 기다리고 계시네요."

"네. 좋아요."

네타가 식탁에서 의자를 조용히 꺼내어 앉았다. 앞치마를 멘 메이가 두 손을 앞으로 가지런히 모은 뒤, 소리가 나지 않는 사뿐한 발걸음으로 사라졌다. 에르타 왕과 에네타 공주가 젓가락을 들자 네타도 곧이어 식사를 시작했다. 오랜만에 함께 모인 자리, 에르타 왕이 말했다.

"최근 들어 사냥을 시작했다고 들었는데, 할만하니?"

"네."

"동물들도 사냥하느냐?"

"아니요. 석궁과 승마를 병행하면서 과녁 맞히기 위주로 하고 사냥은 하지 않아요. 야만인 같아요."

"그렇지, 자연에서 살고 있는 동물을 사살해야 할 필요성은 없어."

"성 밖에서 일어나는 사냥꾼들은 무엇 때문에 동물을 사냥하는 거죠?"

"먹기 위해서지."

"토끼나 독수리 등을 잡아먹는다는 뜻인가요?"

"물론."

네타가 놀라 에네타 공주를 바라보았다. 그러자 에네타 공주가 말했다.

"맛있는 음식을 앞에 두고 멍하니 있는 것은 예의가 아니지."

"모든 사람이 우리와 똑같은 음식을 먹지는 않아. 그것만은 염두에 두렴."

네타는 엄숙해진 식사 분위기에 더 이상 질문을 하지 않았다. 넓적한 접시가 비워지자 네타는 에네타 공주에게 어리광이 섞인 말투로 말했다.

"엄마."

"응."

"저 여동생이 갖고 싶어요."

"여동생?"

"네."

　에르타 왕은 여동생이 갖고 싶다는 진지한 표정을 내보이는 아들의 얼굴을 보며 헛기침을 할 뿐이었다. 실은 파로셀로니 왕국의 푸른색 성이 무너지거나 파멸할 것을 대비해 아가타 성에는 네타와 고작 한 살 터울에 태어난 어여쁜 여동생이 성을 지키고 있었다. 에르타 왕은 여태껏 숨겨온 진실에 대해 말해야 될 때라는 생각이 들었다.

"네타."

"네?"

"실은 너에게 귀여운 한 살 차이 나는 여동생이 있단다."

"정말요?"

"정말이지."

"그럼 저도 여동생을 볼 수 있을까요?"

"지금은 안돼."

"왜죠?"

"여동생도 아직 너의 존재를 모른단다."

"저와 여동생을 갈라놓는 이유가 무엇이죠? 왜 저에게 여동생이 있다는 사실을 숨기신 거예요?"

"그럴만한 이유가 있단다."

"그럴만한 이유요?"

네타는 엄마인 에네타 공주를 바라보았다. 에네타 공주가 말없이 웃어 보였다. 네타는 두 분의 조용한 침묵이 이어지자 호기심을 참을 수 없어 물었다.

"혹시 동생을 저에게 숨길 만한 이유가 있나요?"

"숨길 만한 이유야 많지."

"그런 농담은 삼가세요."

"네타와 세르가 지금 만날 수 없는 이유를 한 가지 꼽자면 네타는 파르셀로니 왕국을 지켜야 하는 든든한 왕자님이 되기까지 세르를 만날 수 없단다."

"여동생 이름이 세르인가요?"

"백성들은 세르 공주라고 부르지. 세상이 저물고 해가 새롭게 뜨는 아침이 되면 자연스럽게 만나게 될 날이 올 거야.”

"해가 새롭게 뜨는 아침이라는 것이 정확히 어느 날을 뜻하는지 알 수 있을까요? 세르가 아픈 건 아니죠?”

"아프단다.”

"많이 아픈가요?”

"건강이 몹시 안 좋은 상태야.”

"그런가요? 그럼 여동생에 대한 질문은 하지 않을게요.”

"메이.”

에르타 왕은 멀찍이 서 있는 가정부를 불렀다. 양어깨에 프릴이 달린 앞치마를 맨 메이가 식탁 앞으로 다가왔다.

"무엇을 드릴까요?”

"네타에게 따뜻한 차 좀 타주겠어?”

"물론이죠.”

메이는 직접 꿀을 한 숟가락 퍼 올려 유리 컵에 담았다. 그리고는 고풍의 주전자를 높이 들어 올려 물을 따른 후 숟가락으로 휘

저었다.

"제가 이걸 마시면 되는 건가요?"

"한번 마셔보렴."

"정말 달아요."

"벌들이 노력해서 만든 벌집을 사람이 직접 채취해 온 거야. 우린 사람을 쏘는 벌을 키우지 않아. 노력해서 꿀집을 만들어내는 벌들만 양식하지."

"무슨 의미죠?"

"사람들은 이 달달한 꿀물을 마실 때, 그 누군가의 땀과 노력이 들어갔는지는 떠올리지 못해."

"꿀물을 마실 때 그들의 노력을 생각하는 이들이 있을까요? 그냥 이 순간에 집중하죠."

에네타 공주가 저지하는 듯한 말투로 말했다.

"메이가 주는 차는 항상 달아요. 저기 앞에 나가서 잠깐 바람 좀 쐐도 될까요?"

"그러렴."

네타는 피곤한 표정으로 눈치를 보며 자리에서 일어나 문밖을 나섰다. 궁전의 겉을 감싸고 있는 기다랗고 거대한 소나무들은 성을 지킬 수 있을 만큼 굉장했다. 울창한 나무를 지나 자연스레 걸어간 곳에는 샘물이 있었다. 매일 아침 환기를 위해 메이가 열어둔 창문 밖을 구경할 때 새끼노루가 잠시 머물다 목을 축이고 간 그 장소였다. 해가 내리 않고 떠오르는 달의 빛이 샘물에 반사되어 빛이 되자 네타는 여동생의 존재가 궁금해졌다. 언젠가는 동생과 떨어져 지내는 이유를 머지않아 풀어주실 거라 믿었다. 쓸쓸하고 외로운 감정이 사무치자 노루가 목을 축이듯 샘물로 가까이 다가가 손을 가볍게 쥐어 샘물을 작게나마 퍼 올렸다. 그리고는 손에 얹어진 적은 물을 다시 샘물에 놓아주었다. 네타는 자신의 얼굴이 얼핏 비치는 샘물에 가까이 다가가 완전히 빼닮았을 여동생의 얼굴을 머릿속에 그려보았다. 여태껏 간절히 바랐던 여동생이 이미 존재한다는 생각이 들자 한편으론 이 모든 사실을 숨긴 부모님이 야속하기도 해 발밑에 놓인 돌멩이를 주워 물가로 던졌다. 여러 갈래로 퍼지는 물길이 얼굴의 형태를 알아볼 수 없게 만드는 그 자리를 피해 쏜살같이 집 안으로 들어왔다. 휘황찬란한 주홍빛과 옅은 노란빛의 전구들이 집 안을 화려하게 비추었다. 아직까지 오순도순 이야기하고 있는 부모님을 보며 설령 분위기를 망칠까 조용히 방 안으로 들어왔다. 침대 바로 밑 나무 바닥 위에 신고 있던 신발을 아무렇게나 벗어던지고는 침대에 누워 곤히 잠에 빠져들었다.

파르셀로니 왕국에서 제일 가까운 왕국과 평화의 협약을 맺기 위해 아침 일찍부터 말발굽 소리가 연이어 우렁차게 들려왔다. 아버지가 적지 않은 수의 인원을 꾸려 군대를 만들고 출발했다. 네타는 자리에서 일어나 왕국에서 멀어지는 아버지의 군대를 보았다. 아버지의 바로 옆에는 백색의 우아한 말 안장 위에 어머니 에네타 공주가 함께하고 있었다. 말과 한몸처럼 나란히 계시는 두 분은 어젯밤 즐거운 시간을 보낸 듯 사이가 좋아 보였다. '여행길이 순탄하길' 네타는 앞에 행차하는 대열을 보며 손을 흔들어 보였다. 눈가에 어렴풋이 눈물이 고일 때 메이가 방문을 두드리며 말을 걸어왔다.

곰인형과 부재

"네타."

"네."

"아침 먹을 시간이에요."

"오늘은 아침을 거를 생각이에요."

"그건 불가능해요."

"무엇 때문이죠?"

"간단히라도 드시는 게 어떤가 해요. 따뜻한 수프를 준비해 뒀거든요."

"수프요?"

"네. 식기 전에 드시는 게 현명한 선택이에요. 아침을 드시지 않는다면 저녁도 거부하는 것으로 알고 외출을 할 생각이에요.”

“메이도 어머니와 아버지를 뒤따라 다른 왕국으로 가는 건가요?”

“전 파르셀로니 왕국에 남아 네타의 식사를 챙겨줘야죠. 빨리 내려오세요.”

“네.”

네타는 메이가 아침에 일어나 정성껏 만든 수프를 거부할 수가 없었다. 그러나 파르셀로니 왕국으로 언제 돌아오실지 모를 부모님을 향한 시선을 멈출 수가 없었다. 그 순간 에네타 공주는 네타에게로 고개를 돌렸다. 눈이 마주친 네타는 눈물이 왈칵 쏟아졌다. 네타는 어머니의 시선을 피해 문이 열린 창가 밑으로 숨어들었다. 어쩔 수 없이 떠나는 부모님께 왈칵 쏟아지는 눈물을 보이고 싶지 않았다. 옷깃을 잡아당겨 볼 가에 눌어붙은 눈물 자국을 닦아내고는 계단을 성큼성큼 내려갔다. 부엌으로 향했지만 메이는 찾아볼 수 없었다. 평소에 앉던 자리에 앉아 연기가 모락모락 피어나는 수프가 담긴 도자기 그릇에 숟가락을 가져다 입에 넣었다. 부르르 떨리던 슬픈, 차가운 몸의 기운이 따뜻하게 바뀌었다.

메이의 음식 솜씨에 네타는 찬사를 연발하며 감탄했다. 수프를 먹고 난 네타는 왕국의 안을 뛰어다니며 메이를 찾았다. 기약 없는 숨바꼭질이 계속되고 홀로 남겨진 네타는 마을로 돌아가 친구들을 만날지 어떠한 모험이 기다릴지 기대되어 심장이 빠르게 뛰었다. 네타는 일 층에서 쿵쾅거리는 걸음으로 옷이 백 여벌 정도 옷걸이에 가지런히 걸려있는 옷장 앞으로 갔다. 친구들을 만나기에 앞서 어떤 옷을 입고 밖으로 나갈지, 오랜만에 친구들을 기쁜 마음으로 맞이할 들뜬 마음으로 옷을 꺼내 들어 빠르게 갈아입었다. 그리고는 동이 트기 전 익혀둔 지름길로 빠르게 마을로 내려갔다. 익숙한 굽이진 길을 빠르게 내려오다 얄팍한 나뭇가지에 긁혀 피부에 상처를 입은 네타는 천천히 올라오는 옅은 색의 붉은 피를 보지 못한 채 마을에 도착했다.

네타는 노을이 지기 전 돌아와야만 했다. 마을에서 제일 오래된 굵직한 나무 아래, 밧줄로 묶여있는 그네 위에 앉아 웃고 있는 여자아이의 해맑은 웃음은 심장을 멎게 만들었다. 여자아이가 그네에서 사뿐히 내려오자 네타는 기다렸다는 듯, 한걸음에 달려가 양팔을 펴고 여자아이를 품에 꼭 안았다.

"잘 지냈어?"

"응. 네타 너는?"

"나도 잘 지냈지."

"보고 싶었어."

"약속 지켰구나."

"응, 엘 공주."

"엘 공주?"

"나에게 너는 공주야."

"고마워, 네타. 나에게 공주라 불러주는 남자는 네가 처음이
야."

"그래? 내가 사는 곳에선 남자는 왕자 여자는 공주라 일컬어."

"신기하다."

엘이 행복한 듯 웃어 보이자 네타는 바람으로 인해 헝클어진
여자아이의 머릿결을 정리해 주며 말했다.

"다른 친구들은 어디 갔어?"

"다 같이 놀다가 방금 전 집으로 돌아갔지."

"그래? 날 기다렸구나."

"응."

"다음엔 내가 사는 집에 초대해 줄게. 신비한 샘물이 있는데 그곳을 꼭 너에게 보여주고 싶거든."

"좋아. 정말 기대되는걸?"

네타는 마음속 해결되지 않는 생각들이 뒤엉켜 싱숭생숭 할 때 찾아가는 왕국 뒤뜰에 있는 잔잔한 샘물에서 엘과 함께 마른 목을 축이는 시간을 보내고 싶었다.

네타는 활짝 웃으며 엘의 손을 잡고 평소 자신이 즐겨가던 마을의 한구석으로 안내했다. 한적한 이곳은 새로 자라난 풀들의 싱그러운 내음이 코끝을 간지럽혔다. 사람들의 발길이 닿지 않아 인적이 드문 장소였다. 동네 사람들은 찾아오기 힘든 묘한 신비감을 주었다. 둘이 함께 있는 시간은 행복하고 고요했다.

네타는 여동생이 있다는 사실을 엘에게 부리나케 알리고 싶었다. 문득 엘에게도 여동생이 있는지 궁금증이 올라올 때쯤, 집에 가야 할 시간이 다가오자 네타는 엘을 집으로 초대한다는 다시 한번 약속을 했다.

"이제 집에 가봐야 해."

"그래?"

"응. 엄마가 걱정하시거든. 네타는?"

"난 부모님이 잠깐 여동생을 만나러 갔어."

"여동생?"

"응."

"여동생이 있었구나."

"응."

"이름을 물어봐도 될까?"

"물론."

네타가 고개를 끄덕거렸다.

"실례가 되지 않는다면 말이야."

"이름은 세르."

네타가 바닥의 흙을 보며 발길질을 하자 엘이 말했다.

"아직 여동생을 만나보진 못했구나."

"사실은 그래."

"무슨 이유라도 있어?"

"이유는 나도 잘 모르겠어. 부모님이 말을 아끼시거든."

"그래? 여동생에 대한 이야기는 나중에 해 주면 좋을 것 같아."

"응!"

"배고프지 않아?"

"배도 고프고 엄마도 보고 싶어져."

"엄마가 많이 걱정하실 것 같아."

"그럼 다음에 볼까?"

"그러자."

엘이 손을 흔들고 등을 보인 채 발걸음을 저 멀리하자 네타는 여동생 세르에 대해 고이 숨겨야 한다는 생각이 들었다. 엘이 떠나가는 뒷모습을 보자 이른 아침 떠날 채비를 마친 어머니와 아버지가 자신에게 등을 돌린 채 떠나는 모습과 겹쳐졌다. 하루 새 가장 가까이 있던 그 모두와 멀어지는 이별을 경험하자 네타는 씁쓸한 마음을 감출 수 없었다. 아버지인 에르타 왕이 늘 상 자주 하시던 말씀이 떠올랐다. 성을 지키지 못할 경우 돌아오는 것은 그 모두를 잃은 채 홀로 살아야 하는 가여움 뿐이라는 말이 떠올라 네타는 비어있는 성을 지키기 위해 발걸음을 재촉했다. 성에 도착하자마자 누가 볼세라 방으로 뛰어들어간 네타는 침대 위 자신이 안고 자는 커다란 곰인형 위 덮어둔 이불을 걷어 젖히며 곰인형에게 속삭였다.

"잘 잤어? 나를 대신해 누워 있느라 고생했어."

자신을 대신해 이불 안에 꼼짝없이 갇혀 있던 곰인형은 물론 대답을 할 수가 없었다. 네타는 인형을 양 품에 꼭 안고는 천장을 뚫어져라 보며 생각했다. 몇 밤을 더 지새우면 어머니, 아버지가 돌아오실까, 엘 공주는 집에 잘 도착했을까?

엘은 집에 도착해 몸이 아프신 할머니를 간호하다 바쁘게 저녁 음식을 준비하는 어머니를 보고 재빨리 손을 씻고는 앞치마를 둘러매었다. 혹시 늦은 것은 아닌지 이마에 흐르는 땀을 슬며시 닦으며 말했다.

"엄마, 제가 도와드릴게요."

"그래 줄래?"

"네."

"고맙다."

할머니는 날이 갈수록 몸을 겨누기 힘들어하셨다. 어머니는 할머니를 종일 보살피느라 기운이 새어 나가는 듯 보였다. 엘은 고맙다고 하시는 어머니를 보며 꾸중을 듣지 않아 다행이라고 안심했다. 우유가 들어가지 않은 수프가 끓는 동안 엘은 며칠 동안 실온에 둔 뻣뻣한 바게트 빵을 능숙하게 칼로 먹기 좋게 썰었다. 저녁을 간단히 먹는 것이 오래된 습관이기에 이런 생활이 당연하다는 듯 혼자 저녁을 준비하는 것이 부쩍 익숙해보였다. 엘은 먼지가 쌓인 접시를 앞치마로 쓱쓱 닦아내고는 나무 탁자 위에 세 명이 먹을 수 있는 접시를 나란히 놓았다. 그리고는 국자를 퍼 올려 먹을 만큼 수프를 덜어 빵과 함께 두었다. 식사 준비를 마친 뒤, 엘은 할머니 방으로 가서 말했다.

"식사하세요."

"오늘은 조금 늦게 들어왔구나."

하럼 할머니는 하나뿐인 손녀가 늦게 들어온 것에 대해 걱정되는 듯한 말투로 말했다.

"네."
"밖에서 무슨 일 있었던 건 아니지?"
"새로운 친구와 약속을 지키기 위해 기다리다 보니 조금 늦었어요."
"그러냐."
"조금 늦었지만, 식사하시겠어요?"
"그래, 누가 준비한 저녁인데 기를 쓰고 먹어야지."

어머니가 하럼 할머니의 누워있던 몸을 천천히 일으켜 세우자 고통이 약간 섞인 듯한 신음이 새어 나왔다.

"괜찮으시죠?"
"물론. 늙으니 몸이 목석처럼 말을 안 듣는구나. 손녀딸의 정성을 봐서라도 셋이 함께 도란도란 저녁을 먹으려면 이렇게라도 해야지."

의자에 걸터앉은 하럼 할머니는 손과 몸을 바르르 떨며 말했다.

"어서 숟가락을 들자꾸나."
"네, 어머니."
"할머니 힘드셔도 식사를 다 하셔야 해요."

나이가 들어 이가 성치 못한 하럼 할머니는 고개를 천천히 끄덕이며 얇게 썬 바게트 빵 조각을 손으로 잘게 뜯어내었다. 따뜻한 수프에 빵을 푹 담가 불리기 시작했다. 천천히 수프를 음미하는 손녀딸을 보며 늙은 자신을 간호하느라 일마저 순조롭게 할 수 없는 어려운 집안 환경을 엘에게 떠안긴 것이 미안했다. 그리고 가난함을 대물림할 수밖에 없는 이런 형편에 불평을 갖지 않는 딸과 손녀딸이 고마웠다.

천천히 식사를 마친 하럼 할머니가 자리에서 일어나 방으로 돌아가려 하자 어머니는 재빠르게 마지막 빵조각을 입안으로 넣어 할머니를 부축해 방 안으로 모셨다. 엘은 두 분이 일어난 식탁 자리에 떨어진 빵 조각들을 하얀 손수건으로 닦으며 깨끗하게 비워진 그릇들을 가져다 설거지를 하기 시작했다. 물세를 아끼기 위해 어머니가 나무통에 채워둔 물로 설거지하는 엘은 네타라는 아이가 사는 환경이 무척이나 궁금했다. 입는 옷이며 깔끔한 외모가 저 멀리 들려오는 왕국이라는 큰 성에서 사는 듯 엄청난 부유함을 풍겼다. 왕족과 친구가 되었다는 것은 큰 기쁨이었다. 초라한 자신을 집으로 초대하겠다는 네타의 말에 엘은 무엇을 입고 갈지, 초면인 네타의 부모님에게 어떻게 인사를 드릴지 행복한 고민을 하는 참에 설거지를 마쳤다. 엘은 손에 묻은 물기를 빠르게 털어내고는 앞치마를 허리에 둘러맨 상태로 거울 앞에 섰다. 왕족에게는 어떻게 인사를 할지 상상하며 엘은 나풀거리는 치마를 고상한 손놀림으로 살짝 집고는 발을 뒤로 뺀 다음 고개를 반쯤 숙여 인사했다. 그리고는 혼잣말로 말했다.

"안녕하세요. 프린스, 프린세스."

말하고도 상당히 쑥스러워하는 듯한 엘은 자신을 공주라 불러 주었던 네타와의 만남이 언제 될지, 매고 있던 앞치마를 바닥에 던지며 말했다.

"함께하는 이 저녁 시간만을 고대해 왔어요."
"저 또한 마찬가지죠."
"저와 함께 춤을 추실까요? 왕자?"
"좋아요, 공주."

1인 2역을 맡은 엘은 자신의 한 발짝 앞 네타가 서 있다는 상상을 하며 스탭을 한 발짝 두 발짝 뒤로하며 품에 안기는 상상을 했다. 흥에 겨운 엘은 그대로 침대로 뛰어올라 오리가 헤엄치듯 발을 동동 구르며 지루한 일상이 빨리 흐르고 왕국에 들어가 사는 행복한 삶을 상상했다.

♛ 헤르만세 왕국

파르셀로니 왕국과 몇만 마일 동떨어진 헤르만세 왕국에 사는 세르는 자다 일어나면 기억을 전혀 돌이켜 볼 수 없는 기억상실증이란 불치병을 갖고 있었다. 그래서인지 그 날 일과를 마무리 한 세르는 다음날이면 자신이 누구로 바뀌어있을지 스스로도 몰랐다. 이런 지병 때문에 세르는 사람 만나기를 꺼렸다. 잠을 자는 도중 괴성을 지르기도 하며 갑작스레 잠에서 깨면 두려움에 휩싸였다. 악몽에 시달리는 그런 가벼운 괴성이 아니었다. 세르는 꿈속에서 알 수 없는 검은색 연기가 영혼에 뒤덮이며 깨어났다. 그렇게 일어난 세르는 평범한 일상조차 불안에 떨었다. 말하지 못할 감정들이 복받쳐 올라 괴성으로 나타나는 듯했다. 잠에서 깨어나면 달력에 새겨져 있는 숫자들이 보였다. 그날 하루가 언제 지나갔는지 모르게 멍하니 허공을 응시하는 일이 많아졌다.

다음날 그리고 또 다음날, 날짜를 지새는 일은 별로 중요하지 않았다. 세르는 잠자리에 눕는 그 순간부터 암흑에 천천히 파묻혔다. 깨어나지 못할 잠에 순순히 빠져드는 것은 누군가 죽어있는 몸을 흔들어 깨우지 않으면 일어날 수 없는 잠자리에 드는 것과 같았다. 누군가 목을 조르며 숨의 물결이 끊어지는 시점, 모든 것이 낮게 깔린 순간, 신체와 영혼이 분리되는 회오리바람에 몸이 빨려 들어가기 시작하면 그것은 이 커다란 성과 인사 없이 떠날 준비를 하는 것과 같았다. 허공에 존재하는 떠 있는 정체 모를 영혼들이 표정 없이 누워있는 몸체에 내려앉았다. 미세한 영혼의 꿈틀거림이 이제는 익숙해질 법도 할 때쯤 낯설고 무섭고도 음산한 기운이 온몸을 감싸고 돌았다.

세르는 매일 밤 각오를 해야했다. 반복되는 새로운 삶의 두려움에 모든 것을 내려놓고 살아야 한다는 포기가 아닌 내일을 위한 다짐을 하는 각오였다. 머릿속에 기억들이 옅어지고, 진해졌다. 가물가물했던 기억들을 떠올리려 낯익은 속삭임에 귀를 기울이면 영혼의 누군가가 연속된 생각들을 끊으려고 했다. 그때면 세르는 자신의 희미했던 기억들을 진하게 되새기려 노력했다. 그것은 다음날 하루 온종일 조각을 맞추는 퍼즐 놀이처럼 흥미진진해서 긴장을 멈출 수가 없었다. 작은 기억 조각이라도 잊지 않으려 노력하다 보면 그것은 일상이 되고 삶이 되었다.

세르의 혈색 없는 피부는 감정 하나 담기지 않아 그녀의 부모님이 보기에 지루하면서도 평온해보였다. 세르는 하루가 다르게 말라가며 앙상한 뼈만 남았다. 그래서 제때 끼니를 거르는 일 만큼은 허용치 않는 왕국의 규율을 지키기만 하면 그날 하루는 일상의 자유를 주었다.

에르타 왕과 에네타 공주는 네타보다 한참이나 성숙한 세르를 보며 단순하고도 순수한 표정으로 하얀 이가 보이게 해맑게 웃던, 왕국 울타리 안에서 뛰놀던 네타의 어릴 적 밝은 모습이 떠오르기도 했다. 주먹만한 작은 얼굴 크기에 핏기없는 하얀 피부, 머리 길이가 등 허리까지 내려오는 인형 같은 외모가 이제는 충분히 무르익어 잘 익은 붉은 열매를 보는 듯했다. 타 왕국과의 만담이 이루어질 때 농담거리처럼 세르는 헤르만세 왕국의 가문을 뒤이을 수 있는 유일한 여자아이라며 혼담을 서슴없이 꺼내기도 했다. 야심이 있는 나이가 지긋이 든 왕자가 세르 이야기를 꺼낼 때마다 에르타 왕은 아픈 아이의 속사정을 알 수 없는 그들의 이야기를 피하려고 노력했다. 표정에서 드러나는 불편함과 어색함을 숨기려 노력할 때, 에네타 공주는 자연스럽게 그것을 제지하며 어색한 분위기를 되레 한껏 달아오르게 했다. 그렇게 왕국 사람들과 술잔을 기울이는 시간이 길어지고 고민이 깊어지며 승산 없는 이야기가 지속되었다. 어색한 분위기가 겉도는 것처럼 코끝에 다가오는 알코올 향이 점점 짙어지자 에르타 왕과 에네타 공주는 천천히 왕국으로 돌아갈 채비를 했다.

다른 왕국의 왕은 앉은 자리에서 눈치껏 일어나 자신의 왕국에 남은 여분의 넓은 방을 보여주며 하루 지새우고 갈 것을 강력히 주장했다. 에르타 왕과 에네타 공주는 헤르만세 왕국에서 기다릴 세르를 위해 손사래를 치며 늦지 않은 저녁 출발을 해 중간 지점에서 거처를 잡고 머물렀다. 날이 밝아오자 부부는 이유 모를 불안함으로 발걸음을 재촉했다. 에네타 공주가 헤르만세 왕국에 도착해서도 세르는 하루종일 방 안에서 잠을 청했다. 그래서 부모님과 대면할 시간이 크게 마땅치 않았다. 조심히 방문을 두드려 침대 위에 누워있는 딸 세르를 보는 어머니는 종일 허공을 응시하는 세르의 불치병을 완전히 받아들일 수밖에 없었다. 아픈 딸 세르가 파르셀로니 왕국에 존재해 있는 네타의 존재를 받아들일지….

세르는 아무도 존재하지 않은 커다란 왕국에 혼자 남겨 질 때면 눈물 젖은 베개에서 자는 날이 더 많다는 것을 숨길 수밖에 없었다. 자신을 위해 하루종일 왕국에 머무는 아버지와 어머니의 걱정과 위안을 떨쳐드리고 싶었다. 방문을 잠시 열어 가녀린 손으로 핼쑥한 얼굴을 쓰다듬고 가는 어머니를 위해 침대 머리맡에 머리를 헝클어뜨리지 않고 가지런히 누운 자세로 부모님을 맞이하곤 했다.

👑
푸른색 성으로의 초대

다음 날 아침, 네타는 창고로 가 쌓여있는 짐짝들을 헤집기 시작했다. 집 안에서 쓰지 않는, 큰 짐을 담을 것을 찾기 시작했다. 가정부인 메이의 시선을 피해 엘을 집으로 몰래 데리고 올 방법을 궁리하던 중 바퀴가 달린 큰 짐짝을 보며 흡족해 혼잣말로 말했다.

"이 정도면 딱이군."

얼굴에 너저분한 먼지 구덩이를 뒤집어썼을 때, 메이가 네타를 찾으러 창고로 나왔다.

"네타, 아침부터 무얼 그렇게 찾죠?"

"아, 방에 있던 책 꾸러미들을 정리하려고 상자를 찾는 중이에요."

"방에 있는 책들은 이제 싫증이 난 모양이죠?"

"그런 건 아니에요."

"그래요? 그럼 늦은 아침을 먹으러 주방으로 가는 건 어떻겠어요?"

긴장한 탓인지 네타의 얼굴에 맺힌 땀 방울 위에 먼지가 내려 앉았다. 메이가 살짝 웃어 보이자 네타는 민망한 듯 급히 얼굴을 털어 보이며 말했다.

"좋아요."

"밥을 먹기 전 일단 얼굴을 씻는 건 어떨까요?"

메이는 고개를 끄덕거리는 네타 뒤에 놓여있는 큼지막한 짐짝을 힐끔거리며 다시 한번 말했다.

"이 짐짝은 제가 방으로 가져다 놓을까요?"

"그렇게 해 주시면 좋을 것 같아요."

"네, 분부대로 하죠."

색이 살짝 바랜 하얀색 천과 하늘색 천이 한데 어우러져 있는 메이의 원피스는 보는 사람마저 눈을 편안하게 하는 매력이 있었다. 네타는 고개를 살짝 숙이고는 왕국 안으로 재빨리 들어갔다. 우당탕 소리가 들려오고 네타는 얼굴에 물기가 살짝 묻어있는 채로 식사하기 시작했다. 식사를 마칠 때쯤 메이가 다가와 말했다.

"오늘도 사냥을 연습해야 하는 것을 잊지 않았지요?"

"사냥 연습이요? 아버지께 전해 들은 것은 없는데요."

"식사를 마치고 준비된 말을 타고 사냥 연습을 하라는 지시를 전달받았습니다."

"네."

"말은 제일 빠른 검정 말을 준비해 뒀으니 식사가 마치는 대로 복장을 갖춰 입고 마당으로 나오세요. 아, 그리고 탁자 위에 있는 지도는 왕국과 이어져 있는 산길을 표시해 둔 거니 시간이 나는 때마다 지도에 표시된 길을 익혀두도록 하세요.”

“네, 알겠습니다.”

“새로운 안장도 준비해 두었습니다.”

말과 함께 달리기 좋은 맑은 아침, 네타는 간단히 식사를 마치고 마당의 뜰로 나와 울타리에 매여있는 말의 육중하고 탄탄한 몸과 잘 빠진 다리를 보고 감탄사를 연발했다. 평생 아버지가 타시던 검은 말을 여태껏 절대로 올라타지 말라며 죄여왔던 아버지의 말씀이, 이제는 아버지가 특별히 주는 특권이라는 생각이 들었다. 가만히 서 있는 말의 찰랑거리고 털에 빛이 나는 윤기를 보며 기대가 부푼 만큼 심장이 떨려왔다.

메이는 말의 안장에 올라타는, 이제는 뭐든지 스스로 하는 네타를 보며 그가 어엿한 어른이 되었음을 느꼈다. 네타가 말 위에 혼자 올라서자 검은 말은 제자리에서 말발굽을 몇 번 차기 시작했다. 네타는 갈색 말에 올라탔을 때와 전혀 다른 생소한 느낌이 들었다. 메이는 아슬하고 위태하게 말 위에 올라탄 네타를 보며 아버지만큼이나 말을 잘 다루는 것을 멀리서나마 흐뭇하게 웃어 보였다. 말의 고삐를 왼쪽으로 살짝 틀자 검은 말은 왼쪽으로 돌아

아버지가 다니던 산책로를 안내했다.

네타는 몇 번의 간단한 걸음 뒤에 빨라지는 말발굽 소리에 긴장을 늦출 수 없었다. 말발굽의 다그닥다그닥 거리는 일정한 소리가 계속되며 검은 말에 몸을 맡긴 네타는 이제 능숙하게 달리기 시작했다. 시야 사이로 빠르게 지나가는 수많은 나무와 한데 어우러진 우거진 풀들, 상쾌한 풀냄새가 녹아들며 네타는 자유를 향해 달리는 기분이 들었다.

한참을 달렸을까 멀리서 들려오는 사냥개들의 개 짖는 소리가 검은 말을 위협하듯 울렸다. 말은 제자리에 멈춰 어디서 들려오는 소리인지 귀를 쫑긋 세우기 시작했다. 총소리가 크게 들려오고 긴장한 네타는 사냥꾼들의 눈을 피하기 위해 발걸음을 파르셀로니 왕국으로 되돌렸다. 네타는 말의 고삐를 거세게 잡았다. 멀리 달려왔다는 것을 실감한 네타는 아버지가 평소 말해두었던 위험성이 무엇인지 깨닫게 되었다. 긴장을 늦출 수가 없었다. 우렁찬 검은 말을 제대로 다루지 못한다면 말에서 떨어져 목숨을 잃을 수도 있다. 이것은 장난스럽게 넘길 수 있는 일이 아니었다. 왕국이 시야 안에 들어오고, 성에 이르러 창가 너머에서 자신을 걱정하는 표정으로 기다리는 메이의 표정을 보고서야 이제는 무사하다는 마음이 들었다. 안식을 되찾을 때쯤 말은 성난 듯 히-이잉 소리를 내며 앞다리를 들어 올렸다. 말의 제자리에서 연속된 거센 발차기 때문에 네타는 바닥으로 내동댕이쳐졌다.

메이가 보는 앞에서 말에서 떨어져 흙 먼지를 뒤집어쓴 네타는 멋쩍은 듯 먼지와 함께 젖은 머리칼을 쓸어 넘겼다. 검은 말은 콧방귀를 끼며 자신이 쉬고 있던 울타리 안으로 들어가 메이가 야심차게 준비해 놓은 영양식을 마음껏 먹기 시작했다. 능숙하게 자신을 다루지 못한다면 올라타지 말라는 경고를 하고 간 검은 말을 보며 메이가 달려 나와 말했다.

"네타, 괜찮나요?"

"네. 말의 안장을 내려야 하는데 검은 말이 저를 주인으로 받아들이지 않는 듯해요."

"아버지가 즐겨 타시던 말이라 다루기 힘든 건 당연해요. 무슨일이 있었던 것은 아니죠?"

네타는 생각지 못한 사냥개들의 커다란 성음에 쫓겨 부리나케 왕국으로 돌아왔다는 말은 입 밖에 꺼낼 수가 없었다. 말을 아끼는 네타를 보며 메이는 말했다.

"제가 말의 안장을 내려드릴까요?"
"그래 주시면 감사하죠."
"알겠습니다."

어쩐 일인지 숨을 가쁘게 쉬며 긴장감이 가득한 표정과 불안한 감정을 내려놓지 못하는 네타를 보며 메이는 울타리 안으로 들어갔다. 말에게 다가가 가벼운 손길로 말의 등을 쓰다듬어 주며 안장을 내리자 말은 기다렸다는 듯 메이의 얼굴을 혀로 핥았다. 갖가지 채소와 영양식을 맛있게 먹고 있는 말을 보며 메이는 흐뭇하게 웃었다. 방 안으로 들어온 네타는 자신을 거부하는 말의 갑작스러운 행동에 자신감이 떨어져 고개를 떨군 채 바닥을 주시하다가 창밖을 보며 사냥꾼들의 행적을 찾았다. 기나긴 총을 어깨에 이고 있는 세 명의 사냥꾼들에게서 아버지가 제일 애정 하는 말을 빼앗길 수도 있었던 사실에 네타는 겁에 질렸다. 두려움이 자신을 덜컥 삼켰단 사실만은 그 누구에게도 알리고 싶지 않았다. 부정하고 싶었다.

아버지의 말과 함께 저 멀리 달리고 싶었던 마음속의 열정만큼은 쉬이 식지 않았다. 불안했던 마음에 안정이 조금씩 찾아오자 탁자 위에 놓아둔 지도가 떠올랐다. 지도를 가지러 가기 위해 밑에 층으로 내려가자 전보를 읽고 있는 메이가 보였다. 분명 아버지의 전보일 것이란 생각이 들었다. 메이의 눈을 피해 잽싸게 지도를 갖고 계단을 두 칸씩 뛰어 올라갔다. 지도에 아버지의 손때가 묻어있는 것을 보며 길을 미리 익혀두었다면 말을 탈 때 겁을 먹지 않고 말과 함께 사냥을 계속할 수 있었겠다는 후회가 들었다. 자신을 말 위에서 떨어뜨린 아버지의 말을 다시 한번 탈 기회가 올지는 모를 일이었다.

*　*　*

저녁, 부엌에 들어선 엘은 먹을 바게트와 수프를 만들 야채가 동난 것을 보며 한숨을 내 쉬었다. 냉장고를 채울 수 있는 여유가 없단 현실을 여태껏 외면하려 노력했다. 노쇠하신 하럼 할머니를 두고 일을 나가 돌아오지 않는 어머니를 탓할 수도 없었다.

저녁을 거를 수도 없었기에 엘은 그릇이 가지런히 있는 작은 상자 안에 들어있는 쌈짓돈을 꺼내어 마을 시내로 뛰어갔다. 야채 가게를 들러 갖가지 야채들이 들어있는 바구니를 집어 들어 계산을 마치고 빵집으로 향했다. 멀리서부터 콧속으로 흘러들어오는 달달한 버터 냄새가 잊혀왔던 배고픔을 상기시켜주었다. 방 안에 꼼짝없이 누워 저녁을 기다릴 하럼 할머니를 생각하며 엘이 빵집 안으로 들어가자 가게 안은 저녁때 먹을 빵을 사러 오신 아주머니들로 가득했다. 한 줄로 서서 빵과 돈을 교환하는 순간 엘은 생각했다. 굶어 죽지 않기 위해 매 끼니를 빵으로 때우는, 상점가에 모인 사람들에게 돈을 받는 사장님은 돈을 벌어 무엇을 할까. 빵집을 운영해 매 끼니를 거를 일이 없을 빵집 사장님이 된다면 얼마나 좋을까. 그렇다면 어머니와 할머니는 며칠이 지난 딱딱한 바게트를 먹는 일은 없을 것이며 폭신폭신한 식감의 빵을 매일 즐길 수 있을 것이다. 그것은 곧 부유함을 나타내는 것이었다. 돈이 모자라 신선한 우유를 사지 못한 탓에 당분간은 물로 끓인 야채 수프를 먹어야 하는 것은 바게트 빵을 얇게 썰어놓아 며칠 동안 나눠먹는 것과 같았다. 빵 가게에서 제일 커 보이는 바게트를 집어 들어 계산을 끝내고 집으로 돌아가는 길, 대로변에 위치한 사탕 가게는 길거리를 지나가는 모든 사람의 눈을 현혹했다. 알록달록

한 색깔이 입혀진 설탕으로 만들어진 과자성은 한 번도 맛보지 못한 생크림이 가득한 케이크를 먹는 것만큼 꿈같은 일이었다. 그때 과자성 옆에 줄을 서 있는 조그만 병정들이 보였다. 엘은 네타가 초대하는 왕국과 성문 앞에 보초를 서는 병사들을 떠올렸다.

품 안에 안고 있는 야채 바구니와 한 손 가득 들고 있는 바게트 종이봉투를 보며 만족감을 느낀 엘은 머나먼 길이 가깝게 느껴지며 사뿐한 발걸음으로 집에 도착했다. 엘은 어두워진 거실 호롱불을 켜 분주히 저녁을 준비하며 늦은 식사를 마쳤다.

***

이제는 익숙한 지름길에 늦지 않은 시간, 네타는 익숙한 장소에 도착했다. 우직하게 서 있는 네타는 엘을 보며 기다렸다는 듯 반겼다.

"안녕, 엘."
"잘 지냈니."
"당연."

엘은 네타의 뒤에 놓여있는 커다란 짐짝을 보며 말했다.

"그게 뭐지?"

"이거?"

"응."

"짐짝이야."

"짐짝? 이것을 끌고 온 이유가 뭐야?"

"이것을 이용해 너를 우리 성 안으로 데리고 갈 거야."

"나를 당당히 데리고 들어갈 수는 없니?"

"성에는 정해진 사람들 외에는 출입할 수 없어."

"정해진 사람들?"

"응."

"날 파티에 초대할 생각이 아니었니?"

"왕국에서는 파티를 열 수가 없어."

"몰래 들어가야 한다는 거구나."

네타가 고개를 끄덕였다. 엘은 모든 사람의 눈을 피해 몰래 성 안으로 들어가야 한다는 사실이 내키지 않았지만 네타의 빛나는 두 눈빛은 무언가 남다른, 획기적인 계획을 준비 중인 듯했다. 네타의 그런 고대해 왔던 만남을 엘은 실망시키고 싶지 않았다.

"성에 다다를 때쯤 이 안에 들어가겠어?"

네타가 짐짝을 손짓으로 가리켰다. 엘이 다짐한 듯 짐짝에 몸을 뉘어보았다. 낯설지만 열려있는 큰 짐짝에 들어가니 생각보다 공간이 남는 것을 몸소 느끼며 숨이 막히지는 않겠다는 생각이 들었다. 엘은 물을 접하지 못한 잉어처럼 뻐끔뻐끔 숨을 내쉬는 표정을 지어 보이며 농담을 건넸다.

"만일 왕국에 들어가는 것을 허락지 않는다면 기꺼이 포기할게."
"그렇지는 않아. 왕국 안은 상상 이상으로 자유가 가득할 거야. 가정부 외에는 아무도 없거든."
"알겠어."

후미진 뒷골목을 따라 빠른 걸음으로 가는 네타가 손에 쥔 짐짝의 바퀴 자국과 귀에 울리는 바퀴 소리가 새로운 사건의 전개를 알렸다. 입구에 이르러 왕국 안에 아무도 없다는 것을 알게 된 네타는 짐짝 안에서 엘을 꺼내주며 말했다.

"자, 이제 나와도 좋아."
"우아⋯."

몇 평이나 되는지 정확히 알 수 없는 고상한 푸른색 성의 크기는 여자아이의 마음을 단숨에 사로잡았다. 네타는 손을 잡고 방 안으로 들어와 문을 걸어 잠그고는 조용한 말소리로 속삭였다.

"우리 왕국에 들어왔다는 사실을 그 누구에게도 알려서는 안 돼."

어딘지 모르게 떨리는 진정성 있는 말소리에 여자아이는 입가에 손가락을 가져다 대며 쉬-잇 소리를 내었다.

"물론."

"네가 우리 왕국을 이리저리 돌아다니는 것 또한 나는 비밀로 할 것이고, 너도 나와 한 약속을 지켜야 해."

"알겠어."

서로가 새끼손가락을 마주한 후 엇대어 걸었다. 둘은 친구와 사랑의 그 중간 감정을 깊이 느끼고 있었다. 뜨거운 입김이 서로에게 전달되며 네타는 평소 혼자 하던 체스게임을 꺼내어 보여주었다. 체스게임판을 보여주자 엘은 당황해하며 말했다.

"우리가 말하던 파티는 언제 할 생각이야?"

"일단 이것을 한번 봐."

"음."

엘의 찡그린 표정이 답답함을 알려주었다. 밖에서 친구들과 뛰놀던 것이 떠올랐다. 엘은 네타에게 말했다.

"밖으로 가서 노는 것은 어때?"

"그네가 있던 곳?"

"응."

"나는 사실 너처럼 일반 친구들과 함께 어울려 놀 수가 없어."

엘은 커다란 나무에서 친구들과 함께 뛰놀던 것을 떠올렸다. 네타는 고개를 절레절레 흔들며 말했다.

"이 놀이는 한번 시작하면 끝날 때까지 멈출 수 없어."

"이것이 뭔데?"

"보드 위에 있는 말을 움직여 상대편의 말을 먹는 거야."

"그래?"

"설명해 줄게."

네타는 줄곧 체스를 두던 편한 자세로 바닥 위에 엎드렸다. 엘이 옆으로 다가와 호기심 가득 한 표정으로 네타의 손동작을 유심히 관찰했다. 네타가 말을 앞으로 움직였다, 사선으로 움직였다 하는 모습을 엘은 제법 진지한 표정으로 보며 손바닥에 입김을 한번 불어넣었다. 엘은 혼자 하는 놀이에 익숙한 네타를 이해하기 시작했다. 한 공간 아래 알 수 없는 두근거림을 계속 느낀 엘이 말했다.

"너랑 함께 있는 이 시간이 좋아."

"우리 집에서 며칠 지내다 가도 괜찮아. 물론 내 방 안에서."

"그래도 되니?"

"응."

"어머니가 걱정하지는 않으실까?"

"괜찮을 거야. 마침 메이도 잠시 집을 비웠거든, 파티를 시작해
볼까?"

"좋아."

둘은 계단을 조심스럽게 내려가 거실에 도착했다. 둘 만의 황
홀한 파티를 즐기기 위해 이 둘은 서로의 양손을 맞잡고 빙그르
르 돌며 재미난 시간을 보냈다. 그때 주방 한쪽 벽면에 걸린 가족
사진을 보며 엘은 감탄사를 연발했다. 사진 속에 네타의 어머니로
보이는 공주가 입고 있는 드레스에는 다이아몬드가 하나 하나 촘
촘하게 박혀있어 눈이 부시게 아름다웠다. 만약 공주가 된다면 매
일 다이아몬드로 빚은 드레스를 맘껏 입을 수 있을 것만 같았다.

시선을 한 번에 사로잡은 공주가 너무 아름다웠고, 옆자리를 메워준 왕은 왕국을 지키는 용맹한 무사라는 생각과는 거리가 멀 만큼 여성스러웠다. 왕은 무인과 정반대로 호리호리하며 빼어난 외모를 갖고 있었다. 이 둘 사이 천진난만하게 웃고 있는 네타는 나의 부모님이라며 자랑스레 어깨를 힘껏 치켜세웠다.

엘은 왕국의 왕과 공주의 얼굴을 마주한 순간, 알 수 없는 불안이 함께 존재했다. 동네에는 소문이 무성했다. 왕국 사람들의 얼굴을 아는 자는 죽음을 면치 못할 것이란 말이 떠돌았다. 죽음을 피할 수 없단던 소문이 사실일까, 엘은 시선을 애써 외면했다. 네타가 넓은 방을 구경시켜주며 둘 만의 짧은 놀이가 끝났다. 네타의 뱃속에서 꼬르륵 소리가 났다. 네타는 익숙한 듯 빵 꾸러미들을 한가득 갖고 방 안으로 들어와 엘에게 건넸다.

"와, 이렇게 빵의 종류가 다양하다니."

"먹고 싶은 만큼 맘껏 먹어."

"고마워."

"응."

엘은 여태껏 먹어보지 못한 촉촉하고 폭신한 식감의 빵을 입으로 가져갔다. 곯은 배를 채우려 빵을 쪼개어 먹는 것과 당일 날 만들어진 빵이 위에 얹어진 과일과 함께 입안에서 톡톡 터지며 달콤함을 주는 것에는 많은 차이가 있었다.

"네타, 너도 좀 먹어봐."

"나는 네가 먹는 것만 봐도 배가 불러."

"정말?"

"응. 엘, 갑자기 생각나서 하는 말인데 결혼이라는 것을 생각해 본 적 있어?"

"결혼?"

"사랑하는 남녀 사이에 서약을 하는 것 말이야."

"서약이라면, 방금 우리가 새끼손가락을 걸고 약속한 것 말한 거지?"

"약속과 결혼은 달라."

"다르다고?"

"응. 결혼은 한 평생 나와 함께 하는 거야. 잠도 같이 자고 밥도 같이 먹고."

네타가 쑥스러운 듯 양쪽 귀와 얼굴이 붉어지며 말끝을 흐렸다.

"좋아."
"우리 결혼할까?"
"응!"
"그럼 우린 오늘부터 부부인 거야."

엘이 놀란 듯 양쪽 두 눈을 휘둥그레 뜨자 네타의 얼굴이 가까이 다가왔다. 쪽 소리가 정겹게 느껴졌다. 입가에 묻은 빵가루가 네타의 입에 묻어났다.

"네 입술은 정말 달콤해."

네타는 침대 위로 올라가 벌러덩 누웠다. 늘어짐도 잠시 가정부 메이의 깜짝 방문으로 인해 둘 사이가 흐트러질까 네타는 잽싸게 문을 걸어 잠그며 말했다.

"만약 누군가 방문을 두들기면 너는 저기 있는 큰 옷장 안에 숨는 거야."

"옷장?"

"응, 저기."

네타가 널따란 옷장을 가리키며 말했다.

"알겠어."

"그 누가 방 안으로 들어와 무슨 말을 해도 너는 잠자코 있어야 해."

"난 이해가 안 돼, 내가 왜 자꾸 숨어야 해?"

"여긴 나만의 집이 아니고 왕국이야. 적이 쳐들어오게 되면 우리 왕국에선 전쟁을 일으켜. 지금은 주변의 왕국들과 평화의 선을 지키기 때문에 전쟁이 일어날 수 없는 상태지. 나의 어머니와 아버지는 누군가 전쟁을 일으키기 전 가까운 왕국을 다니며 협상을 해. 아주아주 바빠서 나와 함께하는 시간이 거의 없다고 보면 돼."

"당분간은 왕국 안에서 너와 함께해도 좋다는 거지?"

"왕국의 규칙을 따라야 하지만 난 너를 옆에 두고 지켜주고 싶기에 왕국인 이곳으로 널 초대한 거야."

"알겠어. 혹시 내가 지켜야 할 것이 있다면 미리 말해줘."

"가정부는 매일 자정 12시 나를 깨우러 올 거야."

네타가 탁자 위 올려져 있는 시계를 가리키며 말했다.

"난 방문을 잠가 둘 거고 너는 내 옆에서 자다가 가정부가 나를 깨우러 올 때 옷장 안에 숨기만 하면 돼. 끼니를 거르지 않게 네게 매일 먹을 것을 가져다줄 거야. 메이가 왕국 밖으로 나갈 때면 내가 너를 데리고 왕국 밖 정원을 구경시켜 줄게."

"좋아!"

"그러나 조심해야 해. 창문 밖으로 보이는 저쪽 산 있지?"

"응."

"저쪽 길이 난 곳에서 몇 명의 사냥꾼들이 총을 들고 제일 가까운 언덕을 지나가거든."

"총을 들고 있다고?"

"응. 산적같이 덩치도 크고 정말 무서운 사람들이야. 동물을 사냥하러 가는 길에 새들을 놀래키기 위해 기다란 총으로 총소리를 내는데 난 그때마다 깜짝깜짝 놀라."

"무섭겠다."

"어두운 밤엔 이 창문을 꼭 잠가 두는 이유야. 많이 두려워. 이 곳을 지나다니는 사냥꾼들의 얼굴이 밤새 떠오르기도 해서 잠을 설칠 때가 있거든."

엘이 창문으로 다가가 살며시 문을 열었다. 한눈에 꼭 찰 만큼 아름다운 향연을 이루는 숲 덕분에 기분이 상쾌해졌다.

"초록색과 연두색으로 알록달록 어우러진 나무들을 보면 너무 나 아름답고 고요해. 가끔 울리는 총소리는 그 고요함을 깨고 마 치 전쟁이 일어난 것처럼 한번에 모든 것을 잠식시켜."

"그게 두렵다는 거지?"

"두려워. 어머니와 아버지가 이 왕국을 떠나 다른 성에서 사는 이유인 것 같기도 해."

"그럼 네가 이 성을 혼자 지킨다는 말이니?"

"응. 이 성 안에 아무도 살지 않는다고 생각해봐. 그럼 낯선 사 냥꾼들이 인적이 없는 이곳을 지나치다 안으로 들어와 맘껏 헤집고 다닐 게 분명해."

"우리가 이 성을 함께 지키는 거야."

"나는 한 번도 내면의 고통을 누군가와 나눈 적이 없어. 친구가 없거든. 이곳에서 지내며 몰래 성 밖을 나가 낯선 동네를 돌아다니다 우연히 너를 발견한 거야. 이건 나에게 정말 행운 같은 일이야."

"창문이 많은 커다란 왕국에서 지낸다는 것은 나를 공주로 만들어주는 것과 같아. 환상적인 일이야."

"이리 와."

엘이 고개를 돌려 침대 위 누워있는 네타를 바라보았다. 엘은 창문을 걸어 잠그고 침대 위로 다가가 누웠다.

"지금 자려고?"

"아무 생각 없이 잠깐 누워 있자, 어때?"

"이 시간에 침대에 누워있는 경우는 없지. 아픈 할머니가 기력이 부족해 하루 온종일 침대에 누워있는 것을 보는 것뿐, 나는 거의 밖에서 시간을 보내거든."

"밖은 위험해. 아픈 사람만 침대에 누워있는 것이 아니야. 휴식을 취하거나 평온함을 느끼기 위해 침대 위에 누워있기도 해."

"나는 왕국 생활을 처음 경험해. 마음껏 뛰어놀고 싶어."

"지금은 안돼. 안정된 기분을 느껴봐."

네타는 조심스레 옆에 누워있는 엘의 손을 맞잡았다. 흠칫 놀란 엘이 네타의 옆얼굴을 뚫어지게 쳐다보자 네타는 말했다.

"눈을 편안하게 감아봐. 심장 소리에 귀를 기울여."

엘은 천장을 바라보다 눈을 지그시 감았다. 심장이 뛰는 것이, 손으로 흐르는 전류가 느껴졌다. 심장이 요동쳤다. 엘은 처음으로 남자와 함께 침대 위에 있다는 것을 실감했다. 빠르게 뛰던 심장 소리가 옅어지며 푹신거리는 침대의 매트가 편하다는 생각이 들 때쯤 엘은 잠에 빠져들었다.

날이 밝아왔고 엘은 깃털 같은 이불과 한몸이 된 듯 오리의 등 위에 앉아 떠다니는 기분을 느꼈다. 엘은 고급스럽게 장식된 집 안에 누워 공주가 된 것을 실감했다. 이런 일상이라면 시끌벅적한 동네를 떠나 한가로이 지내는 여유도 좋다는 생각을 했다.

엘은 한번도 가난하다고 생각하지 못했던 가족의 품을 떠나 느끼는 유복함을 놓치고 싶지 않았다. 네타는 부지런히 일어나 계단을 성큼성큼 내려가 부엌에 가지런히 놓인 과일 바구니를 갖고 방 안으로 들어왔다. 네타는 눈을 감고 잠들어있는 엘을 마음껏 구경했다. 연갈색의 눈썹, 싱그럽게 촘촘히 놓여있는 속눈썹, 낮지 않은 코의 둥글함과 맞아 떨어지는 얇은 입술이 기억 속에 곧 잊혀지기라도 할까 싶어 뚫어지게 쳐다보았다. 네타는 왕국 안에서 혼자 보내던 시간과 다름을 확연히 느끼며 어머니와 아버지의 결혼을 그리고 엘과의 첫 만남을 떠올렸다. 언덕 위 항상 많은 아이 사이에 둘러싸여 인기가 많았던 여자아이. 다가가고 싶었지만 다가갈 수 없었던 그때를 떠올리며 바로 앞에 누워있는 사랑하는 사람을 옆에 두고 줄곧 지켜보는 황홀함을 느꼈다.

혼자 바닥에 누워 체스를 두며 생각에 잠겨 있을 때 엘이 침대에서 일어났다. 잠에서 완전히 깨어나지 않은 듯 어렴풋이 감겨있는 두 눈에 낀 눈곱을 비비며 말했다.

"일어났어?"

"응."

"언제?"

"아침 일찍."

"배고프지?"

"아직은….."

"우리 잠깐 정원 뜰에 나가서 산책 좀 하고 올까?"

"좋은 생각이야."

둘은 너나 할 것 없이 메뚜기가 잎에서 잎으로 뛰어오르듯, 작은 방 그리고 성 안에서 나와 정원을 마음껏 뛰어다녔다.

"정말 아름다워. 이런 드넓은 정원이 있다는 것이 아직까지 꿈만 같아."

"나도 항상 느끼는 기분이지만, 여전히 이곳을 오면 황홀해."

"매일 아침 뜰에 나와 산책하며 상쾌한 공기를 맡는 것만큼 건강에 좋은 것은 없지."

"아침 산책도 좋지만, 저녁에 나와 어둡고 깊게 가라앉은 분위기에서 새어 나오는 달빛을 감상하는 것도 정말 좋아."

그때 총소리가 크게 들려왔다. 사냥꾼들의 짓이 분명했다. 엘이 꺄악 비명 소리를 지르며 귀를 틀어막았다. 엘은 크게 놀랐는지 얼굴을 감싸며 바닥에 주저앉았고 네타는 재빨리 엘을 감싸 안았다.

"빨리 방 안으로 들어가자. 사냥꾼들이야."

엘과 네타는 사냥꾼의 총소리에 뒤쫓기 듯 방 안으로 들어와 문을 걸어 잠갔다. 네타는 숨죽여 어딘가 숨어있을 사냥꾼들을 찾기 위해 조심히 창문 밖을 내다보았다. 누군가 총을 쏘고 간 하얀 연기가 잔잔한 숲에 피어올랐다.

"매일 이런 소리를 듣고 살아야 하는 건 아니지?"

"하루하루가 나에겐 공포야. 듣고 싶지 않은 소리를 매일 들어. 저 사람들로 인해 난 불안에 떨어야만 해."

"그래서 마을로 도망온 거구나?"

"마을로 도망간 것은 아니었어. 혼자 지내는 무료함을 달래고자 성 밖을 구경한 거야."

"나와 함께 마을로 가는 것은 어때?"

"난 성 밖을 나갈 수가 없어. 위험해. 푸른색 성 안이 내가 지내는 집이고 안식처야."

"무엇이 위험하지?"

"나에겐 옆에 접근하는 모든 인물이 위험해. 친구도 마음껏 사귈 수가 없어. 사람들은 내가 왕국의 왕자라는 사실을 알지 못해."

"내가 친구가 되어 줬잖아."

"그러니까 함께 있지."

"나중에 내가 많은 친구를 소개해 줄게."

"그건 불가능해. 난 이 나라를 물려받는 왕이 될 거야."

"나라를 물려받는다고?"

"응."

"나라를 어떻게 물려주니? 나라는 소유할 수 없는 공동의 것이야."

"너는 모르는 사실이지만 이 나라는 우리 아버지의 것이야."

"아버지의 것…."

"더 이상은 너에게 말할 수 없는 비밀이 많아."

"말할 수 없는 비밀에 대해 더 이상 묻지 않을게."

"나와 함께 체스를 두지 않을래?"

"난 그 놀이에 흥미가 생기지 않아."

"엘, 그럼 또 다른 놀이를 하고 싶은 게 있니?"

"나에게 종이하고 연필을 줄래?"

"무엇을 할 생각이야?"

"너에게 편지를 쓸 거야."

"옆에서 구경해도 돼?"

"아니. 안돼."

"나에게 쓰는 편지라면서⋯."

"비밀 편지야. 내가 나중에 너의 곁에 없을 때 위로 삼아 내 편지를 읽어줬으면 해."

"그런 말 하지 말았으면 해."

"너의 곁에 없다는 표현?"

"응."

"기대해도 좋아."

"사랑의 편지야?"

"내가 너와 함께하는 이 순간의 감정을 너에게 글로 전달할 생각이야."

"무척 기대돼. 마치 러브레터 같은 느낌이잖아."

네타는 엘과 같이 한 공간에 있었지만 마치 떨어져 있는 기분이 들었다. 그렇게 정적이 흘렀고 서로는 각자의 일에 깊이 빠졌다. 중간중간 서로를 애틋하게 바라볼 뿐 혹시 방해할까봐 선뜻 말을 먼저 건넬 수가 없었다. 그저 함께 있는 이 시간이 소중했다.
네타는 엘과 이제 누구도 갈라놓을 수 없는 인연이 된 듯한 기분이 들어 몹시 좋았다. 편지가 완성되고 엘은 굳게 잠겨있던 입을 열고 네타에게 다가왔다. 네타는 그런 엘을 쳐다봤다.

"편지가 완성됐어."
"지금 봐도 돼?"
"안돼. 꼭 혼자 있을 때 봐야 하는 편지야."
"좋아."
"여기 안에 넣어 두겠어?"
"좋아."

건네받은 편지를 보며 네타는 입가에 웃음이 멈칠 않았다. 밋

밋했던 종이 위에 연필로 선명하게 그려진 하트와 별, 달 그림들이 어우러진 편지지를 보며 처음 받아보는 러브레터에 심장이 요동쳤다.

"밖으로 뛰어나가 놀고 싶어."

"불가능해. 갑자기 누군가 왕국을 방문한다면 너와 나 사이는 영영 못 보는 사이가 될 수도 있어. 내가 부엌에 놓여있는 맛있는 음식들을 갖고 올게."

"여기서 기다릴게."

엘은 수줍은 듯 바닥을 물끄러미 보며 네타가 빨리 방 안으로 돌아오길 기다렸다.

***

이렇게 삼일이란 시간이 지났다. 말들의 가벼운 발굽 소리가 경쾌하게 다가왔다. 모든 소리가 자장가로 들려오며 잠에 더 깊숙이 빠져들 때쯤 네타는 화들짝 놀라 말했다.

"일어나, 엘."

"으음….”

아직 잠에서 깨어나지 못한 엘이 이불 속으로 파고들었다.

"안돼!"

"무슨 일이야?"

"어머니와 아버지가 오셨어."

엘이 화들짝 놀라 침대에서 일어나자 네타가 다급히 손을 앞으로 두어 번 저으며 말했다.

"빨리빨리!"

얼떨떨한 표정으로 엘은 장롱 안에 들어가 바닥에 깔아둔 이불에 쭈그려 앉았다. 어두컴컴한 장롱에서 숨을 죽이고 옅게 들어오는 빛을 막았다. 파르셀로니 왕국의 왕과 공주를 만나게 되는 특별한 날이며 쉽게 접할 수 없는 기회였다. 그러나 어두운 장롱 안에서 왕과 공주가 이 성을 떠나야만 밖을 나갈 수 있다는 현실이 슬펐다. 방문을 두드리는 소리가 들리고 가정부의 외침이 들려왔다.

"네타! 어머님, 아버님이 돌아오셨어요. 맞이하셔야죠."
"네."
"몸 단정히 준비하고 내려오셔야 해요."
"기다려줘요, 메이."
"기다릴까요? 저는 아침 식사를 마저 준비해야 해요."
"아니, 일 층으로 내려갈게요."
"좋아요. 세수하고 몸 단정히 내려오세요."

가정부 메이는 여느 날과 다름없이 노크하고 방문을 열어 네타의 방 창문을 환기해 줄 참이었다. 그러나 에르타 왕과 에네타 공주의 이른 방문에 아침 식사를 바삐 준비해야만 했다.

밀가루에 물을 풀어 반죽을 완성 시킨 다음 반죽이 부풀어 오를 때 익숙한 손놀림으로 반죽을 끝내고 시간에 맞춰 알맞게 구운 빵을 꺼내었다. 노릇노릇한 빵에서 흘러나오는 고소한 냄새는 메이의 곯은 배마저 소리가 울리게끔 만들었다. 빵을 알맞은 크기로 잘라 하얀 접시에 올린 후 야채를 먹기 좋은 크기로 썰어 넓적한 빵 위에 올려놓았다. 메이가 직접 드레싱한 소스를 얹자 먹기 좋은 야채 샌드위치가 완성되었다. 접시에 과일들을 몇 개 얹고 준비된 투명한 컵에는 신선한 우유를 담아두었다. 따끈따끈한 오븐에 얼굴을 가까이 한 탓일까 목에 심한 갈증이 다가왔다.

메이는 컵에 한가득 우유를 따라 마셨다. 갈증이 가시고 입 주변에 묻어 난 우유 자국을 앞치마로 가볍게 닦아내었다. 우유갑에 들은 우유가 현저히 줄어든 것이 눈에 보였다. 우유를 마신 메이는 배고픔이 가시질 않았다. 왕과 공주, 그의 아들 네타가 식사를 마친 뒤에야 끼니를 해결할 수 있는 메이는 자신의 처지를 너무나 잘 알고 있었다. 에르타 왕은 편한 일상복으로 갈아입고 피곤한 얼굴로 부엌으로 왔다. 그리고는 손에 든 고급 치즈를 메이에게 건네며 말했다.

"메이, 이거 받아요."

"이게 뭐죠?"

"반대편 왕국에서 생산하고 있는 치즈라고 들었어요."

"처음 보는 생소한 음식이네요. 치즈를 접시에 놔드릴까요?"

"그럴 필요 없어요. 메이에게 주는 선물이에요. 우리의 식사가 끝나길 기다리지 말고 방에 가서 이 치즈를 먹도록 해요."

"그래도 될까요?"

"물론, 그 치즈를 먹고 어떤 맛인지 저에게 설명해 주세요."

"감사합니다. 그럼 전 이만, 맛있는 식사시간 되세요."

에르타 왕이 고개를 끄덕였다. 빨간 비닐에 꼼꼼히 포장되어있는 고체형 치즈는 가정부 메이의 배고픔을 달래줄 수 있을 것 같았다. 한 번도 먹어보지 못한 치즈를 가정부에게 선뜻 넘겨 준다는 것은 가벼운 일이 아니었다. 그러나 메이의 양쪽 입가에 어렴풋이 굳어있는 마른 우유 자국은 그렇게 보기 좋은 모습이 아니었다. 만일 공주가 이것을 발견한다면 왕국의 냉장고를 거덜 내는 인물로 낙인 찍힐 수 있었다. 선잠을 잔 예민한 공주의 잔소리가 울려 퍼져 조용한 식사시간을 방해했다. 메이는 임시로 머무르는 방에 들어가 왕의 손길이 닿은 치즈를 만지작거리며 생각했다.

"이 비싼 치즈를 혼자 먹을 수는 없지. 어머니에게 빵과 함께 가져다 드려야겠다."

　처음 보는 고체형 치즈를 보며 눈으로 만족하고 있을 때 세 명 모두가 식사자리에 모인 것을 알고 메이는 침대에 누워 생각했다. 나도 이 왕국의 한가족인 것일까.

세르의 첫 생리

"꺄악!!!!!!!!"

고통이 가득한 괴성에 에네타 공주는 빠른 걸음으로 세르의 방 안으로 들어갔다. 침대 위 하얀 시트는 새빨간 붉은색의 피로 물들어있었다.

"세르!"

"어머니 이게 뭐죠? 무슨 일이죠? 제가 곧 죽는 건가요?"

"운명을 다 한 것은 아니야."

"이 붉은 피들은 무엇이죠? 아무런 기억이 없어요."

"기억이 전혀 나지 않니?"

"기억이 나지 않아요. 어젯밤 자기 전 먹던 약의 기운이 강한 것인지, 어떠한 기억도 나지 않아요."

"너는 이 성을 지키는 수호신이야. 성숙한 여인이 되었다는 증거지."

"저는 그저 병든 처녀일 뿐이에요. 이제 아무런 쓸모가 없어졌죠."

"우리 가문의 윗세대를 크게 받들어라, 세르."

"어머니, 저를 가둬두지 마세요. 저는 이제 처녀가 아니에요."

"너를 가둬둔 것은 아니야."

"저를 이곳에 가둬두신 이유가 있을 것 아니에요. 저를 해하려는 자가 가까이 존재해서 그런가요?"

세르는 마치 자신의 운명이 다 했다는 듯 서글프게 울고 있었다. 두 눈에서 쉴새 없이 흐르는 뜨거운 눈물이 어머니의 가슴을 아프게 만들었다.

"너에게 걸맞은 왕자가 나타나기 전까진 이 왕국에서 가문을 지켜야 해. 왕자가 나타나 너를 맞이한다면 그 왕의 가문을 잇는 거야. 그러니 지금은 이 왕국이 싫어도 떠날 수 없어.”

“제 사랑을 찾아 떠날 거예요.”

“그건 불가능해.”

“어제 일은 이미 기억 속에 잊힌 지 오래예요.”

“너는 하루가 멀다고 헛소리만 하는구나, 세르.”

“어머니 저를 해하려는 자는 이 왕국 안에 있어요. 부디 저를 악령에게서 지켜주세요.”

“어젯밤, 이 방 안에는 너를 제외하고는 아무도 접근하지 않았단다. 너의 정신이 건강치 못해 악령이 잠시 너에게 다가온 거야.”

“정말 악령이란 것이 존재할까요?”

“눈에 보이지 않는 악마의 영혼에 흔들린 거지.”

“무서워요.”

“수백만 년 전, 아니 수천만 년 전으로 거슬러 올라가면 헤르만세 왕국의 혈통은 대대로 귀신과 몸을 섞는다는 전설이 존재했어.”

“귀신과 몸을 섞는다는 게 무슨 뜻이죠?”

“귀신과 접촉을 한 거야. 귀접이라고 하지, 하지만 그 이야기는 이미 잊힌 지 백 년이라는 시간이 지났어."

"마치 눈에 보이지 않는 누군가가 몸의 기운을 전부 빼앗아 갔어요."

"세르, 몸이 허약한 것 같으니 가정교사에게 말해 이제는 보약을 달여 마시도록 해야겠구나."

"어머니, 제 마음을 이해하시는 거죠?"

"모든 가문은 왕의 대를 잇기를 원해. 왕에게 간택 당하는 것이지."

"간택이요?"

"이제는 아이를 가질 수 있다는 좋은 신호야."

"만약 제가 다른 왕국의 왕을 받아들여 왕의 아이를 낳는다면 그 왕국의 왕이 죽고 난 이후여야겠어요."

"모든 왕국의 왕은 장수할 수밖에 없다."

"장수한다는 것은…."

"사람의 나이로 100살을 넘긴다는 뜻이야. 너의 자아가 무너진 것이 아니다. 이제는 몸 안에 깃든 영혼을 따라가도록 해."

"흑흑흑…."

세르는 이불을 부여잡고 구슬픈 울음소리를 멈추지 않았다. 어젯밤의 일을 회상해보았다. 오래된 하부의 벽장을 바늘로 콕콕 쑤셔 피를 뽑아내는 고통이었다. 얕은 잠에서 고통을 쫓아 혼이 빠진 정신줄을 잡는 순간 창 밖의 어두운 밤이 잿빛으로 물들었다.

삐쩍 고른 파수꾼들의 우두머리로 보이는, 덩치가 꽤 큰 사내가 몸 위에서 흔들거리고 있었다. 그리고 그 주변을 검은 옷을 입은 여러 명의 파수꾼들이 허공을 응시하며 무언가 떠오르기라도 할 듯 알 수 없는 형체를 눈빛으로 제압하며 겁을 주고 있었다. 목격자가 없는 어두운 밤, 자신의 위에서 흔들거리는 사내에게 목소리를 쥐어짜며 말했다.

"살려주세요."
"전 이곳을 곧 떠날 거예요. 걱정하지 마세요."
"누구시죠."
"당신을 만나러 온 왕자입니다."

그의 몸에서 흘러나오는 강한 향수 냄새와 여유가 풍기는 낯익은 느낌에 세르는 몸에 힘을 풀었다. 그의 익숙한 형체에 편안함을 느꼈다. 모든 것이 금방 끝날 것이라는 생각에 고개를 반대편으로 돌렸고 그렇게 사랑의 키스가 입술을 적셨다. 세르의 영혼이 뜨는 순간 어디론가 달아났고, 가벼워진 영혼을 누군가 호리병 안에 가두었다. 어렴풋이 기억 속에 존재하는 왕자는 방 안으로 들어와 몸 위에 올라탔다.

그렇게 그녀는 당당히 왕자의 말에 올라탔다. 공주는 떨어질세라 왕자의 옷깃을 부여잡았다. 침대가 주는 작은 공간의 압박이 강하게 다가왔다. 마음의 철문을 열어줌과 동시에 닫히며 세르는 기억의 전부를 잃고 말았다.

왼쪽 허벅지에 찌릿한 주사의 고통이 다가왔고 잠에서 깬 세르는 아무것도 기억하지 못했다. 잠들기 전, 수면제가 든 과실주를 마신 탓인지 고통 없는 잠에서 깨어나 좌우로 살펴보았지만, 우두머리와 그를 지키는 마른 파수꾼들은 존재하지 않았다.

세르는 꿈의 세계에서 깨어나 침대 위 덩그러니 놓여있는 자신의 처지를 깨달았다. 누군가의 보살핌이 그리워진 세르는 악에 받친 괴성을 질렀다. 현실의 상황에 질려버린 세르는 이 왕국을 떠나 왕자를 찾겠다는 결심이 섰다. 그러나 세르의 두 다리는 이미 먼발치를 떠난 것처럼 힘이 없었고, 침대 위 시트는 붉게 물들어

있었다. 그건 마치 아무런 희망이 없는 것처럼 느껴졌다. 과실주가 문제였을까, 찌릿한 주사기의 고통이 문제였을까. 우두머리로 보였던 그의 말소리가 귓가에 들려왔다.

"너는 이제 아무 데도 못 갈 거야."

알싸한 향도 느끼지 못한 채 뇌는 그대로 어두운 침묵을 유지하라는 강한 암시를 주며 잠이 들었다. 밑에서 묵직한 무언가가 숭덩 빠져나가는 느낌이 강하게 다가왔다. 새로운 말소리의 인물이 등장해 귓가에 속삭였다.

"헤르만세 왕국의 왕자가 태어났습니다."

이미 두 다리를 잃은 채 모든 것을 포기한 세르는 자신의 하체에 고통이 없는 느낌 때문에 그렇게 잠에서 깨어났다. 낯선 기억에 울음을 멈추지 못하였고 어머니의 다독임에 안도감을 되찾았다. 세르의 어머니는 헤르만세 왕국의 어떠한 남자도 들이지 말라는 경고를 하며 그렇게 모든 왕국과 협약을 단절했다.

비밀스러운 숨바꼭질

파르셀로니 왕국이 시끌벅적해졌다. 이들의 반가운 대화 소리가 큰 성 안의 적적함을 깼고, 가정부 메이는 그들의 대화를 엿듣고 있었다.

"어머니, 아버지 오랜만이에요."
"오랜만이구나. 네타, 잘 지냈니?"
"네. 보다시피 전 잘 지냈어요."

네타는 방 안에 숨겨둔 엘을 생각하며 싱글벙글 웃어 보였다. 에르타 왕은 고독을 즐길 줄 아는 네타를 보며 말했다.

"무엇이 너를 그렇게 기쁘게 하는 것이지?"

"아버지와 어머니를 만난 것이 제일 큰 기쁨이죠. 그런데 어머니, 왜 식사를 하지 않으시죠?"

"어제 마신 붉은 와인 탓인지 식사가 내키지 않아요."

에네타 공주가 말했다.

"과음을 한 모양이죠."

"에르타, 어제 제가 과음을 할 때 말리지 그랬어요."

"오랜만에 만난 부모님과의 즐거운 만찬 시간을 제가 제지 할 순 없죠."

"그건 맞는 말이에요."

"그나저나 세르가 왕자를 맞이하겠다는 선포를 했는데 어떤 왕국의 왕자를 맞이할지 기대가 되네요."

"세르의 얼굴을 직접 보지는 못했지만, 만약 마주했다면 첫눈에 반할 만큼 아름다운 외모일 것 같아요. 마치 어머니처럼요."

에네타 공주는 미소 지으며, 빈 유리컵에 우유를 따랐다.

"야채 샌드위치는 별로 내키지 않아요. 오랜만에 모인 세 명의 식사 자리니, 우유라도 들겠어요."

"어지럽지는 않죠?"

"처음 맛보는 와인이었어요. 잘 익은 포도 열매를 따다 부드럽게 갈아넣은 술이라 그런지 어지럽지는 않아요. 다음에 기회가 된다면 와인을 얻어오고 싶네요."

"그곳엔 포도가 많이 열려있으니 기회가 된다면 포도주를 같이 만들어보죠."

네타가 둘 사이 대화에 껴들며 말했다.

"어머니, 아버지 저는 언제쯤 결혼을 할 수 있을까요?"

"결혼을 원하니?"

"네. 사이좋은 두 분을 보니 행복해보여서요."

"물론, 지금도 결혼할 수 있단다."

"아직은 일러요, 에네타."

"이르다뇨. 당신과 제가 만난 나이는 불과 네타와 몇살 차이 나지 않는 나이 때에요."

"에네타, 당신 말이 옳아요."

"그때는 저도 정말 젊었죠. 지금은 얼굴에 주름이 자리했지만요."

에르타 왕이 큰소리로 웃자 에네타 공주는 네타의 머리를 쓰다듬으며 말했다.

"건너편 왕국의 공주와 결혼하게 될 거예요. 아름다움은 물론 지성도 겸비한 공주 말이에요."

"얼굴도 모르는 사람과 결혼할 생각은 없어요. 저는 결혼할 여자가 따로 있어요."

"운명의 여자를 기다린다는 거죠?"

"맞아요."

"운명론을 믿어야죠."

세 명의 식구가 모여 식사시간이 길어지자 가정부 메이는 대화를 엿듣다가 둘렀던 앞치마를 방바닥에 내던지고는 왕에게 받은 치즈를 갖고 무작정 달려 어머니 집에 도착했다. 가쁜 숨을 고르기도 전 어머니가 가까이 다가와 말했다.

"메이, 손에 든 것은 뭐지?"

"치즈에요."

"치즈? 그 음식은 이곳에서 생산되지 않는 음식이야."

"왕께서 주신 선물이에요."

"훔친 게 맞다면 왕국에 고이 돌려주는 게 좋을 거야."

"훔친 게 아니에요."

"왕이 너에게 이런 음식을 선물해 준다는 것은 평범한 의미가 아닐 거야."

"배가 고픈 저에게 주는 선물이었어요."

"그럼 왕국에 가서 네타의 양말을 한 짝 가져오도록 해."

"왕국에서요?"

"그렇단다."

"어머니 제가 잘못 들은 게 아니죠?"

"분명 그 치즈를 준 왕의 뜻은 평범한 뜻이 아닐 것이다. 새로운 왕자를 맞이하겠다는 의미이기도 해."

"그럼 이젠 어쩌죠? 네타는 저의 오랜 친구이자 동생이에요."

"그러니 네타의 양말 한 켤레 중 한 짝을 가져와서 나에게 건네렴."

"네, 어머니. 그럼 이 치즈는 어쩔까요?"

"왕이 너에게 준 선물이니 네가 하고 싶은 대로 하도록 해."

"일단 어머니가 이 치즈를 보관해 주세요. 저는 그들이 마친 식사 자리를 치우고 다시 돌아올게요."

"그래."

치즈를 보며 기뻐하는 어머니의 모습을 기대했던 메이는 불안해하는 어머니를 이해할 수 없었다. 그저 자신을 도둑으로 내모는 어머니에게 당혹감을 느꼈지만, 메이는 애정으로 키워주신 어머니의 말씀을 거역하지 않기로 했다. 그것은 네타의 양말 한 짝을 가져오는 비교적 쉬운 일이었다. 비밀의 문을 지나 왕국에 도착했다. 예상대로 그들의 식사는 계속되고 있었다.

"네타, 말 타는 실력은 어느 정도 늘었겠지?"

"물론이죠. 최근 아버지가 즐겨 타시던 말에 올라타 산책을 하던 도중 사냥꾼들을 만났어요. 말이 놀라 뒷걸음질치다 제가 말 위에서 떨어질 뻔했죠. 아버지께서 아끼시는 말을 사냥꾼들에게 뺏길까 봐, 말의 고삐를 틀어 다시 왕국으로 돌아왔어요."

"그런 일이 있었구나."

"돌아온 말은 저와 달린 시간이 짧다고 느꼈는지 성난 표정으로 울타리 안으로 들어갔어요."

"천만다행이군."

"말 위에서 떨어지지 않은 게 정말 다행이네요."

에네타 공주도 거들어 말했다.

"말이 달리는 도중 낯선 사냥꾼의 총소리는 말도 놀라게 한단다. 그럴 때는 말 위에서 내려 말의 고삐를 잡고 같이 걸어야 해."

"맞다, 그런 방법이 있었죠."

"산의 비탈길을 미리 알아두라고 지도를 두고 갔는데, 기억하니?"

"네."

"네타, 오늘은 아버지와 함께 달리는 건 어떠니?"

"미숙한 저에게 내려주는 숙제인가요?"

"물론 아버지의 동의가 필요하지만."

"나도 그럴 생각이었단다. 네타, 각자의 말을 타고 푸른색 성벽 밖을 크게 돌아보자꾸나."

"좋아요."

"그럼 이만 자리에서 일어날까요?"

"그러죠."

에네타 공주가 식사를 마치고 식탁 위 놓인 하얀색 손수건으로 입가에 묻은 우유를 닦아내었다. 에르타 왕은 네타에게 힘껏 달려보자며 자리에서 일어났다. 네타는 방 안 장롱에서 기다릴 엘을 떠올렸다. 예상보다 길어진 식사시간이 마음에 들지 않았지만 싫은 표정을 내보일 수는 없었다. 오랜만에 보는 아버지와 어머니의 얼굴은 반가웠다. 하지만 아버지는 피곤해 보이고 어머니는 과음 때문인지 눈이 반쯤 풀려있었다. 그래도 네타는 어머니의 제안대로 아버지와 함께 말을 타기로 했다. 네타는 말을 타기 위한 복장으로 갈아입기 위해 방으로 들어가 주변을 이리저리 살펴보았다. 인기척 하나 없는 조용한 방을 보며 가정부 메이도 눈치채지 못할 만큼 완벽한 은신이라는 생각이 들었다. 문득 엘이 집으로 돌아갔

을 수도 있다는 생각이 들어 네타는 불안한 마음으로 창밖을 내다
보았다. 밖은 원래 아무것도 없던 것처럼 텅 비어있었다.

"엘, 거기에 있니?"

네타의 물음에 아무런 대답이 없자 네타는 장롱 문을 조심스레
열었다.

"엘…."

네타는 곰인형을 껴안고 잠들어있는 엘의 귓가에 속삭였다.

"엘, 조금만 더 기다려줘. 아버지와 말을 타고 산책을 다녀와야
해. 갔다 와서 놀아줄게."

슬며시 장롱 문을 닫은 네타는 빠른 걸음으로 계단을 내려왔
다. 말이 있는 울타리 안으로 들어가 안장을 채운 후 말 위에 올라
탔다.

"이-랴."

크고 우렁찬 소리와 함께 에르타 왕은 먼저 울타리 안을 가볍게 돈 후 성 밖으로 나갈 준비를 마쳤다. 네타는 그 뒤를 따라나섰다. 아버지의 빠른 말을 따라가기 위해 네타는 긴장을 늦출 수가 없었다.

기다리다 지쳐 잠이 든 엘은 공간이 좁아 답답함을 느꼈다. 잠에서 깨어난 엘은 장롱 문을 살며시 열었다. 넓은 방 안, 인기척이 없는 것을 느끼고 장롱 문을 열어 이리저리 주변을 살폈다. 갑갑했던 장롱 안을 벗어나 넓은 방 안을 빙그르르 돌며 춤을 추기 시작했다. 쉼 없이 춤을 추다 이내 어지러움을 느낀 엘은 침대에 누워 여유를 맘껏 느꼈다. 혼자 하는 숨바꼭질이 질린 탓인지 엘은 발을 쭉 뻗고 누워 눈을 감았다.

'네타는 어디쯤에 있을까?'

에르타 왕과 함께 산책을 간다던 네타의 속삭임이 귓가에 맴돌았다. 말을 타는 그들의 모습을 멀리서나마 감상하기 위해 창문에 가까이 다가갔다. 문고리로 살짝 걸어 잠근 창문을 여니 코 끝에 살랑거리는 얕은 바람이 기분을 몹시 좋게 해 주었다. 우거진 숲으로 인해 말과 함께 달리는 그들의 모습은 보이지 않았다. 엘은 고개를 들어 하늘을 바라보았다. 하늘 위에 떠 있는 구름과 맑은 날씨가 마을 친구들과 함께 언덕 위에서 뛰놀던 추억을 떠올리게 만들었다.

에르타 왕의 죽음

사냥꾼들은 '오늘은 어떤 운수 좋은 일이 생길까?' 기대하며 가벼운 발걸음으로 평지를 걸어 올라갔다. '사자나 호랑이 같은 대형 먹잇감을 포획할 수 있을까?'라는 궁리를 하며 산책로의 비탈길을 따라 산을 타고 있었다. 그중 수염이 덥수룩하게 자라도록 둔 사냥꾼이 손가락으로 에르타 왕의 말을 가리키며 말했다.

"저 우람한 말, 저것 좀 봐."
"우리가 며칠 전 보았던 말 같은데."
"맞네."
"엄청 비싸겠지?"

"파르셀로니 왕국의 유일한 후손인 에르타 왕의 말이야. 돈 주고 살 수 없을 만큼 값어치가 있지."

"저 말을 훔친다면 우리는 평생 부자로 살 수 있어."

"그래? 검은 말의 가죽을 비싸게 팔아 돈을 벌 수도, 말고기를 실컷 먹을 수도 있지."

"지금 입고 있는 호랑이 가죽은 이제 질려. 새로운 멋진 옷을 입고 싶어."

"저 말가죽으로 옷을 만든다면 나도 왕이 되는 기쁨을 누릴 수 있지."

"총을 일단 겨눠 봐."

"누구한테? 왕한테?"

"두 명 다 죽일까? 그럼, 말도 두 마리잖아. 하나씩 나눠 가지는 거야."

"사람을 죽이려고? 우리는 단지 일상생활에 필요한 것만 얻으면 돼. 사람을 사냥할 필요는 없어. 무려 이 왕국의 왕족이라고."

"왕이든 왕자든 우리는 저 검은 말을 오늘 안에 포획해야 한다고. 오늘 아니면 기회가 없을 거야."

"말들이 너무 빨리 달려서 저 말을 맞히지 못할 가능성이 커."

"검은 말이 멈추기를 기다려봐."

"어…. 정말 멈추네."

"멈춰 있는 저 검은 말을 겨냥해."

"겨냥했어."

"빨리 쏴."

"잠깐…."

"왜 그렇게 뜸을 들이는 거야. 빨리 쏴."

에르타 왕과 네타는 산책로를 달리다 절벽 아래 폭포가 흐르는 자연의 경관을 감상하기 위해 잠시 멈춰 섰다.

탕 —

총소리가 크게 한번 울려 퍼졌다. 산 절벽의 메아리가 구름 위로 울려 퍼지며 에르타 왕은 그대로 말 위에서 아래로, 절벽 아래로 추락했다. 몇 초도 되지 않아서 기다랗게 뻗은 검은 말이 총에 맞아 풀-썩 하는 소리와 함께 땅바닥으로 주저앉았다. 눈 깜짝할 사이 벌어진 일이라 당혹감을 감추지 못한 네타는 그 자리에 돌

같이 굳어있었다. 누구에게도 도움을 청할 수 없는 외딴 산 속, 네타는 말에서 내려 에르타 왕이 떨어진 절벽 아래를 내려다보았다. 울음이 쏟아져 나왔다. 네타는 두 다리에 힘이 풀려버리고 말았다. 쓰러져 있는 검은 말에게 괜찮으냐고 물었다. 신음조차 내지 않는 말의 목덜미를 쓰다듬어주며 이제는 눈을 감아도 좋다고 커다란 눈망울의 눈썹을 가볍게 내려주었다. 아버지의 죽음을 애도할 시간도 없이 흐르는 눈물을 훔치고 쓰라린 가슴을 부여잡았다. 이 광경을 지켜보던 사냥꾼들이 말했다.

"우는 저 아이를 어쩔까? 저 아이의 말도 탐이 나는데."
"저 아이도 죽여? 죽이냐고!"

에르타 왕을 죽일 생각이 없던 사냥꾼은 악에 받친 소리로 내지르며 말했다.

"침착해. 저 아이가 왕국으로 발걸음을 돌릴 때 우리는 쓰러져 있는 검은 말만 가져오면 돼."
"남자아이가 우는 모습을 봐."

망원경으로 보이는 네타의 속눈썹이 진하게 내려앉은 눈에서 쉴새 없이 눈물이 흘렀다.

"우리가 결혼했다면 저만한 아이가 있겠지."

네타의 눈물이 시야를 가렸다. 그때, 아버지의 영혼이 다가와 속삭였다.

"네타, 여긴 위험해. 빨리 왕국으로 돌아가 너의 성을 지키도록 해라."

영혼의 숨결을 들이마시자 아버지의 강력한 영혼의 힘이 네타를 더욱 강력하게 만들었다. 네타는 재빨리 자신의 말 위에 올라탔다. 에르타 왕의 죽은 영혼이 몸속 깊이 든 네타는 말을 타고 산 절벽까지 올라온 길을 기억하여 푸른색 성 안으로 향했다. 행운의 신이 뒤따르듯 네타는 가쁜 숨을 몰아쉬며 다행히 푸른색 성 안으로 도착했다. 쉼 없이 달려온 말에게 짧은 안도의 키스를 남긴 뒤 네타는 말 등에서 뛰어내렸다. 어머니에게 아버지의 죽음을 전달하려 빠른 걸음으로 왕국에 들어왔다. 네타는 왕국이 떠나가리만큼 큰소리로 울부짖었다.

"어머니, 어머니!"

어머니를 부르는 외침에 어느 누구도 대답하지 않았다. 네타는 힘겹게 버티고 서 있던 두 다리에 긴장이 풀려버려 그 자리에 주저앉아버렸다. 가정부 메이가 네타의 울부짖음을 듣고 달려 나왔다.

"네타, 무슨 일이죠?"
"흑흑흑흑…."

힘겹게 올라오는 감정을 억누르는 울음소리에 메이가 가까이 다가와 말했다.

"네타, 무슨 일이 있었는지 저에게 천천히 설명해 주실 수 있을까요?"

"아버지, 아버지가 말에서 떨어지셨어요."

"에르타 왕이요?"

"네."

"아버지가 타고 있으시던 말은 총에 맞아 숨이 끊어지고 그와 동시에 아버지는 절벽 아래로 추락해 찾을 수가 없었어요."

"사냥꾼들의 짓이 틀림없어요."

"이제 저는 어떻게 하죠."

"일단 제가 옆에서 도와드릴게요. 에네타 공주는 만찬이 피곤하셨는지 수면제를 복용하고 주무시고 있어요. 이런 충격적인 소식을 전하기에 앞서 네타는 방으로 들어가 방문을 꼭 걸어 잠그고 있으세요."

"네."

"그 누가 문을 두드려도 열어주지 마세요."

네타는 메이의 다독임에 금세 안정을 되찾았다. 볼에 흐르는 눈물 자국을 옷깃으로 닦았다. 주저앉은 두 다리에 힘을 주고 자리에서 일어나 방 안으로 들어왔다. 숨을 두어 번 들이쉬고는 문을 걸어 잠갔다. 장롱 속에 숨어있는 엘을 애타게 불렀다.

"엘…."

"네타, 무슨 일이야?"

"나에게 왜 이런 일이 일어났는지 모르겠어."

"지금 당장 설명하기 힘들다면 힘들게 말하지 않아도 돼. 사실나, 창문 밖에서 어떤 일이 있었는지 지켜보고 있었어."

"너도 봤구나…."

"응."

"어쩌지…."

"말을 죽인 것은 사냥꾼들의 짓이 분명해. 총을 가진 사냥꾼들을 조심하라고 소리를 지르고 싶었어. 그러나 이 왕국 안에 있는 사람들로 인해 나는 잠자코 지켜볼 수밖에 없었어. 도와주지 못해 미안해."

"미안해하지 마."

"아버지의 갑작스런 죽음에 어떻게 대처해야 할지 한번도 생각해보지 못했어."

"어머니가 모든 것을 해결해 주실 거야."

네타가 고개를 끄덕거렸다. 누군가 계단을 쿵쾅쿵쾅 올라오는 소리가 들려왔다. 에네타 공주가 네타를 큰 소리로 불렀다.

"네타!"

"어머니⋯."

"나의 에르타⋯. 네타와 세르를 두고 떠나면 난 어찌하오."

에네타 공주와 네타가 서로 부둥켜안고 설움을 토해내며 울자
가정부 메이가 쭈뼛쭈뼛 다가와 조심스럽게 속삭였다.

"에네타 공주, 실례지만 에르타 왕의 시신을 찾는 게 급선무 아
닐까요?"

"메이, 아버지의 시신은 찾지 못할 거예요. 산 절벽 아래로 떨어
지셨어요."

네타가 말했다.

"이제 어떤 일이 있어도 혼자서 푸른색 성벽 밖은 나가는 게 아
니야. 너무 위험해. 내일 아침 일찍 많은 병사를 불러 아버지의 시

신을 꼭 찾을 거니 큰 걱정 말거라."

"네."

"메이, 네타와 함께 따뜻한 차 한잔을 하고 아이를 달래주겠어?"

"알겠습니다."

에네타 공주가 감싸 안고 있던 네타를 품 안에서 내려놓았다. 따스해진 네타의 손을 메이에게 건네주었다. 그러나 네타는 양손을 뿌리치며 말했다.

"저도 이제 다 큰 어른이에요. 감정을 다스리는 일은 혼자서도 가능해요. 아이 취급은 더 이상 사양할게요."

"메이, 미안하구나. 내가 네타를 너무 버릇없이 키웠어."

"괜찮아요. 에네타 공주, 몸이 얼음장같이 너무 차가워요. 몸을 녹여줄 수프를 끓여놓을까요?"

"부탁해, 메이. 어린 네타가 아버지의 죽음을 바로 앞에서 목격하는 바람에 큰 충격을 받은 모양이야. 당분간 방 안에 혼자 있게 그냥 두도록 해."

"네. 그럼 저는 부엌에서 수프를 끓여 놓도록 할게요."

"부탁해."

에네타 공주가 에르타 왕의 시신을 찾으러 거실로 내려갔다. 뒤를 이어 메이가 조용한 발걸음으로 계단을 내려가자 네타는 조용히 방 안으로 들어왔다. 누군가 들어올세라 재빨리 문을 걸어 잠갔다.

***

장롱 안에 숨어있던 엘이 조심스럽게 고개를 빼꼼 내밀며 말했다.

"나 밖으로 나가도 돼?"

"응."

"어머니가 뭐라셔?"

"내일 아침 일찍 병사들을 이끌고 아버지의 시신을 찾으러 갈 거래."

"어쩌다 이런 일이…."

"잠깐만!"

"꺄…."

네타가 황급히 엘의 입을 한 손으로 틀어막으며 말했다.

"쉿, 조용히 해. 왕국 안에 너의 존재를 알려선 안 돼."

"미안, 저기 뒤에, 대형 거미가…."

굳게 걸어 잠가 두었던 창문이 활짝 열려 있었다. 열려있는 창문 틈새로 다리가 많고 온몸에 털이 무수하게 있는 검은색의 초대형 타란툴라가 방 안으로 스르르 기어 들어왔다.

"괜찮아, 타란툴라야."

"타란툴라?"

"거미들 중 초대형 거미류에 속해. 사람을 해치지는 않아."

"어쩌지…."

"잠깐만."

네타가 타란툴라를 맨손으로 잡아 올렸다. 보기보다 뚱뚱한 거미를 반대로 뒤집었더니 뱃속에 알을 가득 품은 상태였다. 이제 알을 까기 위해 따뜻한 방 안으로 들어온 듯했다.

"새로운 보금자리를 찾기 위해 안으로 들어온 것 같아. 이것 봐, 배 안에 알이 가득해."

엘이 타란툴라에게 얼굴을 가까이하자 마치 낯선 사람을 보는 것처럼 입 주변의 돌기가 있는 작은 집게로 위협을 가했다. 잡고 있는 집게손가락을 물어뜯을 기세였다.

"정말이네? 알을 낳기 위해 이곳으로 온 것 같아."
"밖으로 풀어주자."
"그게 좋겠어."

네타가 조심스럽게 타란툴라를 창문 밖으로 내보내기 위해 거미를 벽 위에 붙였다. 그러나 다량의 알을 품어 배가 볼록해진 타란툴라는 중심을 잡지 못하고 그대로 바닥으로 추락했다. 네타는 양손에 붙은 털들을 휙휙 털며 창문의 문고리를 잡아당겨 문을 잠 갔다. 찰나 왕국의 정문을 빠져나가 집으로 돌아가는 가정부 메이의 뒷모습이 그림자처럼 비춰졌다. 네타는 사라지는 씁쓸한 뒷모습을 보며 방금 전 자신이 매몰차게 대했던 행동과 거친 말투가 한편으로는 미안한 마음이 들었다.

"이제는 절대 못 들어올 거야."

"그나저나 어머니는 괜찮으시니?"

"내일 아침 아버지의 시신을 찾게 되면 모든 게 해결될 거야. 아버지가 아끼시던 검은 말도 찾아와 다친 다리를 치료해줘야지."

"네타, 너는 그 장소에 두 번 다시 가지마. 정말 위험해."

"알겠어."

파르셀로니 왕국의 막

다음 날 아침, 많은 병사를 이끌고 에르타 왕의 행적을 찾기 위해 말의 발자국을 따라가 보니 산 절벽 끝자락에 도착했다. 네타와 함께 산책하기 위해 이곳까지 왔다는 것이 믿기지 않을 만큼 위험한 장소였다. 에르타 왕이 아끼던 말은 보이지 않았으며 땅에 스며든 옅은 핏자국만이 말의 죽음을 암시했다. 백성들을 이끌던 파르셀로니 왕국의 왕이 죽었다는 소문이 돌았다. 에네타 공주는 푸른색 성 밖에 돌아다니는 사냥꾼의 행적을 발견하는 즉시 사살하라는 명령을 내렸고, 에르타 왕이 절벽 끝에서 말과 함께 사라진 이후 사냥꾼들은 나타나지 않았다. 에네타 공주의 명령에 한 사내는 벽에 걸려있던 세 명의 가족사진을 내렸고 그렇게 파로셀로니 왕국의 성벽 문은 굳게 닫혀 열리지 않았다. 파르셀로니 왕국의 에네타 공주는 에르타 왕이 없는 지금 이 순간을, 남편이 없는 허전함을 견디기 힘들어했다. 많은 백성이 주변 거대한 왕국 왕자의 고백을 받아 새로운 생활을 할 것을 부탁했다. 그러나 에네타 공주는 새로운 왕자를 거부했다. 다른 왕국의 왕자를 받아들인다는 뜻은 경제적인 거래와 같았다. 두 번째 결혼이 경제적인 거래가 되는 것을 원치 않았던 에네타 공주는 자신의 아들 네타가 성장해 파르셀로니 왕국을 물려받길 원했다. 새로운 왕자로 인해 아이들의 행복이 사라지지 않기를 바랐다.

그리운 아버지

시간이 흘러 제법 건장해진 네타는 에르타 왕의 외모를 쏙 빼 닮아있었다. 시시때때로 말을 이끌고 마을 어귀로 가 아버지의 빈 자리를, 큰 공허함을 메워준 엘을 만나기도 했다. 네타는 어릴 적 엘과 함께 약속했던 결혼하자는 말을 언젠가는 꼭 지킬 거라 다짐 했고, 어머니 몰래 엘에게 말을 타는 방법과 활을 쏘는 방법을 가 르치며 추억을 쌓았다.

"네타, 언제쯤이면 나를 어머니에게 정식으로 소개할 생각이 야?"

"우리 어머니를 만나고 싶어?"

"응. 우리 할머니가 많이 아프셔. 내가 혼기가 찬 나이라 제 나이 때 결혼을 해서 아이를 낳고 할머니에게 안겨드려야 해."

"나와 아기를 갖고 싶단 말이지?"

"사랑하는 사람과 결혼하고, 아이를 낳고, 행복한 가정을 꾸리는 것은 모두가 원하는 거야."

"행복한 가정…. 나는 아버지가 돌아가시고 난 이후 행복한 가정이란 게 정확히 무엇인지 결론짓기 힘들어졌어. 아버지가 돌아가시고 다른 성들의 계략이 두려워 어머니가 다른 거대한 왕국의 왕자와 결혼할 것이란 소문이 파다했지. 그러나 우리 어머니는 포기해야만 했어. 그 모든 좋은 조건들을 거부하고 나 하나만을 보며 지내왔어. 내가 파로셀로니 왕국을 지키길 바라신 거지."

"너가 파로셀로니 왕국의 왕자이기 때문에 나는 너에게 말하는 거야. 가진 것은 없지만, 여자가 먼저 청혼 할 수도 있잖아."

"너는 진정 공주가 되길 원하는구나."

"응."

"네가 만약 공주가 된다면 우리 어머니는 가문 대대로 물려받은 공주의 자리를 내려놓아야 해. 평민의 신분을 갖고 살아야 한다는 뜻이지."

"평민의 신분이라니⋯. 내가 너의 아내가 될 수는 없는 거야?"

"불가능해. 애초에 공주의 신분을 갖고 태어난 여자와 결혼을 하도록 만들어진 게 왕국의 규칙이야."

"그럼 나는 이제 너하고 만나는 것에 더 이상 진전이 없는 거지?"

"어릴 적 왕국에서 너하고 지냈던 추억이 너무 커. 함께하고 싶지만 엘, 지금 너를 왕국으로 들이는 것은 안돼. 아버지 일도 그렇고, 내가 시시때때로 너의 집 앞으로 올게. 기다려 줄 수 있지?"

"그때 기억나?"

"음⋯."

네타의 말문이 막혔다. 아버지 생각이 간절해져 왔다. 만일 그때 아버지에게 산책을 가지 말자고 제 나이에 맞는 투정을 부렸다면 아버지는 현재 살아계실지도 모른단 생각이 들기도 했다. 아련한 슬픔과 추억이 동시에 공존하게 되었고 네타는 할 말을 잃었다. 그러나 이내 다시 입을 열었다.

"언제 말하는 거지?"

"아, 아니다."

"왜?"

"네가 나하고 한 약속 말이야. 나에게 결혼하자고 약속했었잖아. 새끼손가락 걸고 했던 말들."

"기다려줘. 그때 한 약속은 꼭 지킬 거야."

네타가 타고 있던 말이 히이-잉 소리를 내었다. 빨리 왕국으로 돌아가자며 재촉했다. 제자리에서 몇 번 발차기를 해대는 바람에 네타는 하는 수 없이 엘과 등을 지며 말했다.

"나 먼저 가볼게. 어머니에게 무슨 일이 생기신 것 같아."

"그래."

네타가 말과 함께 눈앞에서 빠르게 사라지자 엘은 속상한 채로 집 안으로 들어갔다. 엘의 어머니는 기다렸다는 듯 호기심 가득한 표정으로 엘에게 말했다.

"늘 말하던 백마 탄 왕자가 저 아이구나."

"네."

"표정이 별로 좋아 보이지 않는 걸 보니 대화가 좋게 끝나지 않은 모양이네."

"제 나이가 이제 19세에요. 왕자와 꼭 결혼하고 싶어요."

"이름이 네타라고 했지?"

"네."

"네타의 부모님을 먼저 만나 인사를 드리는 게 현명하겠구나."

"아버지는 계시지 않아요. 저처럼요."

"돌아가셨니?"

"네. 타고 있던 말이 사냥꾼들의 총에 맞아 말에서 떨어져 돌아가셨어요."

"그 아이의 슬픔이 여전한 것 같구나."

"그때의 상황을 설명하자면 길어요."

"아이의 아버지가 돌아가셨을 때 같이 있었니?"

"네. 아주 어릴 적이지만 네타의 슬픔을 잠시 함께했죠."

"왕국의 아이라, 저 아이가 너에게 하지 못한 말들은 무수히 많을 거다."

"평민이 사는 세상과 왕국의 세상은 현저히 다르니까요."

"우리가 결코 넘볼 수 없는 세상이야."

방에 계시던 하럼 할머니가 천천히 걸어 나왔다. 흰머리가 가득한 하럼 할머니는 엘의 겨울옷을 만들어 주기 위해 하루종일 뜨개질을 하셨다. 눈이 침침하셨는지 거실로 나와 물을 드시고는 다시 방으로 들어가셨다.

"붙잡고 싶지만 그게 좀처럼 되지 않아요."

"붙잡는다고 해결되는 것은 없어."

"그럼 이제 저는 어쩌죠. 주변에서는 다들 제 짝을 찾아가는데 저는 아직까지 제 짝을 만나지 못한 기분이에요. 모두들 그러죠. 첫사랑은 반드시 이어질 거라고. 그러나 저는 지금 네타에게 버려진 기분이에요."

"그 아이의 두려움을 너는 파악하지 못했어."

"두려움이요?"

"아버지를 잃을 당시 너와 함께 있었다고 했잖니. 어머니마저 잃을까 두려운 거야."

"에네타 공주는 살아있어요. 공주님에게 네타와의 결혼을 승낙받고 싶어요."

"그건 불가능해."

"왜 불가능하다고 하시는 거죠?"

"우리는 평민이고 그들은 왕국의 사람이란다."

"평민은 왕자와 사랑을 하면 안 되나요?"

"사랑은 해도 돼. 혼자 하는 사랑 말이지."

"짝사랑 말인가요?"

"그래."

"가슴이 너무 아파요."

"울고 싶을 땐 마음껏 울어도 돼, 엘."

"어머니 말대로라면 당연히 포기해야 하겠죠. 그러나 전 포기하고 싶지 않아요."

"나중엔 알게 될 거야. 현실의 벽이 얼마나 큰지."

하렴 할머니가 나와 말했다.

"왜 우리 예쁜 공주의 순수한 마음을 짓이기니, 그만해."

"어머니, 엘도 이제는 현실을 알아야 하는 나이에요."

"그 정도면 충분하단다."

"엘, 들었지. 엄마도 아직 할머니한테 제지를 당하는 나이야. 어머니의 존재를 무시할 순 없어. 네타도 어머니와의 약속을 어길 순 없을 거야. 방으로 들어가서 좀 쉬는 게 좋겠구나."

"네, 그러죠. 어머니는 낭만이 없어요."

평소 조용했던 엘이 오늘은 유난히 앙칼지게 말하며 어머니에게서 돌아섰다.

여동생과의 첫 대면

에네타 공주가 마차를 타고 파로셀로니 왕국으로 돌아오는 날이었다. 네타는 어머니가 마차에서 내리는 이 순간만을 기다렸다. 에네타 공주가 어여쁜 공주와 함께 마차에서 내렸다. 심장이 두근거렸다. 그토록 보고 싶어 했던 여동생 세르와 마주하는 순간이었다.

"인사 올립니다, 왕자."

"네타, 너의 여동생 세르야. 앞으로 이곳에서 너와 함께 지낼 것이니 동생을 잘 보살피도록 해라."

"알겠습니다. 어머니."

"일단 세르를 방으로 안내할까? 긴 시간 동안 마차를 타고 오느라 피곤하구나."

"배는 안 고프세요?"

"우리는 식사를 이미 마쳤단다."

"전 그럼 방에 들어가서 쉬겠습니다, 어머니."

"그래."

세르가 어머니와 눈인사를 주고받자 어머니가 방을 안내했고 거실에 홀로 서 있던 네타가 뒤따라와 말했다.

"어머니, 진중히 말씀드릴 게 있습니다."

"말해보렴."

"제가 사랑하는 여자아이가 있습니다. 그 아이와 결혼하고 싶습니다."

"결혼?"

"네."

"결혼이란 게 무엇을 뜻하는지 알고 말하는 거니?"

"그 아이를 왕국 안으로 들이고 싶어요."

"그 아이가 어디 왕국의 공주인지 나에게 귀띔을 해줬으면 좋으련만…"

"공주가 아니고 일반 평민이죠."

"평민? 네타, 너는 이 왕국의 대를 이을 왕자야. 평민과의 결혼은 불가능해. 결혼은 두 왕국을 이어주는 중대한 행사야."

"제 사랑을 이용해 왕국을 유지하겠다는 뜻인가요?"

"왕국을 위해 너를 이용한다?"

"네, 어머니의 말뜻은 그렇게밖에 이해가 되지 않아요. 제 결혼은 양국과 서로의 이익을 위해 하는 결혼이 아닌 진정한 사랑을 위해 하는 결혼이었으면 좋겠어요. 오로지 한 번밖에 살 수 없는 삶에서 첫사랑과 결혼이 이루어진다는 것은 인생을 두 번 살 수 없는 것과 같죠."

"파르셀로니 왕국은 에르타가 죽은 후 모든 왕국과 외교를 단절했어. 우리 왕국에 대한 기대가 커. 물론 너와 동생의 혼사지."

"어머니가 새로운 왕자를 받아들이지 않은 것에 큰 유감이에요."

"너도 나를 이해한다는 말이지?"

"네."

"내가 새로운 왕자를 받아들이지 않았다는 것은 다른 왕국과의 단절을 의미한 거야. 만일의 좋지 않은 일을 피하기 위해서지. 내가 백성들에게 무시당하는 것을 너는 모르겠지. 네타, 너는 한 번도 내 입장을 생각해보지 않은 거야. 에르타가 살아있을 당시 누렸던 그 모든 것들에 대해 당연하게 생각하지 말라며 그것을 언제든지 빼앗을 생각을 하며 사람들은 내게 겁을 줬어. 에르타가 죽은 이후 내가 받는 하대, 온갖 멸시는 새로운 왕자를 받아들이면 모두 해결되지. 하지만 다른 사람들은 이 권리를 내게서 뺏으려고만 했어."

"불행을 말 하시는 거죠."

"행복하지 않은 것이 아니야. 불행해지기 전에 그 모든 것을 피하는 거야. 그것을 위해 난 혼자 살아왔어."

"우리 왕국이 다른 사람의 손아귀에 놀아나는 게 싫으셨다는 거잖아요."

"그것과 비슷해. 파르셀로니 왕국과 아가타 성을 따로 둔 이유지."

"그럼 이제 와서 세르를 파르셀로니 왕국으로 부르신 이유에 대해 설명해 주세요."

"너가 그토록 보고 싶어 했던 여동생이잖니."

"제 여동생은 이곳에서 잠시 지내다 다시 아가타 성으로 돌아가나요?"

"이곳에서 너와 여동생은 이제부터 쭉 한 가족처럼 지낼 거야. 꿈꾸던 가족 말이다."

"아가타 성은 어쩌시게요?"

"잠시 빈 공간으로 둬도 문제없다."

"제가 사랑하는 그 아이 말이에요. 이름이 엘이에요. 그 아이와의 결혼을 승낙해 주세요."

"그 아이를 진정으로 사랑하니? 기회가 된다면 그 아이의 얼굴을 보도록 하지. 너의 동생이 새로운 환경에 적응하려면 시간이 필요할 거야."

"승낙하신다는 거죠?"

"네타, 우리가 대화한 것은 둘 만의 비밀로 간직하도록 하자. 마을엔 그만 내려가도록 해. 아버지의 뒤를 따라가고 싶은 거니?"

"그건 아닙니다. 아버지를 여읜 그 날 이후로 어머니는 제 옆에 아무도 오지 못하게 했어요. 정이 든 메이마저 왕국을 떠난 뒤로 제 가슴이 얼마나 공허한지 모르실 거예요."

"정이 그만큼 무서운 거란다. 계집을 따라다니는 행동은 이제 그만둬. 메이가 가정부 일을 그만둔 것에는 그만한 사정이 있는 거야."

"사정이 생겨 가정부 일을 그만둔 건가요? 어머니가 제 곁에 못 오게 하신 거 아닌가요?"

"메이는 왕국에서 하지 말아야 할 행동을 서슴없이 했어. 없어진 물건이 한두 가지가 아니지. 아버지를 여읜 슬픔을 감당하기 힘든 너에게 메이의 일마저 사사건건 알린다면 나는 어머니의 노릇을 제대로 하지 못하는 거야. 세르에게는 아버지 일에 대해 입 닫고 살도록 해."

"제가 이렇게 가슴이 없는 것도 모두 어머니 탓이에요."

"내 탓을 해도 좋다. 네타, 너와 세르는 나의 전부야. 이제 그 누구도 잃고 싶지 않은 마음은 똑같은 거다. 아가타 성에서 동생의 시중을 들던 가정교사를 이곳에서 지내게 할 생각이니 더 이상 메이는 찾지 마. 경고하겠지만 너가 우리 왕국의 대를 이을 필요는 없어. 너의 동생이 우리 왕국의 왕비나 다름이 없다. 너와 나 에르타, 우리가 함께 찍은 세 명의 가족사진을 내린 이후로 너의 입에서 아버지를 찾는 일이 없으면 한다."

"그러도록 하죠."

어머니의 엄한 말투에 네타는 조용히 방 안으로 들어갔다. 의자에 앉아 아버지가 사고를 당하던 그때의 일을 회상하기 시작했다. 어디서부터 무엇이 잘못된 것일까. 타임머신이 존재한다면 과거로 돌아가 현재를 그리고 미래를 바꾸고 싶었다. 아버지의 부재가 컸던 탓인지 네타는 엘에게 의지하는 시간이 많았다. 아버지가 돌아가신 뒤 어머니도 아가타 성으로 돌아가 동생과 함께할 때, 그때마다 네타는 몰래 마을로 내려가 엘의 얼굴을 보며 위안을 삼았다. 이제는 이 일마저 단절해야 하는 현실에 정신이 무언가에 취한 듯 몽롱해졌다. 꿈꿔왔던 가족이 다 모였는데도 알 수 없는 감정이 오가는 통에 머리를 부여잡고는 한참이나 생각했다.

"어머니의 계획을 따라갈 수는 없어."

세르의 예지력

다음 날 아침.

"어머니, 동생도 있으니 이제는 성문을 열어 성대한 파티를 여는 것은 어떨까요? 성문을 개방해 마을 사람들을 초대했으면 해요."

네타가 진지하게 말했다.

"나도 성대한 파티를 열어 예쁜 드레스를 입고 사람들을 맞이하고 싶단다. 그러나 사람들에게 여동생이 아프단 사실을 숨기고 싶구나."

"많이 아픈가요? 세르가 좀처럼 거실 밖으로 나오질 않네요. 같이 놀고 싶거든요."

"같이 뛰어놀 나이는 지났잖아, 네타. 너도 이제 스무 살이고 어엿한 성인이야. 왕국에 걸맞은 행동과 내실을 다지는 것만큼 좋은 것이 없어."

귀가 예민해 새어 나오는 조그마한 소리조차 들을 수 있는 세르는 어머니와 오빠가 대화하는 이야기를 엿듣게 되었다. 식사를 포기한 채 방 안으로 뛰어들어가 귀를 틀어막고는 소리를 질렀다. 신음소리가 이어지고 세르는 두 눈을 감고 침대 위에 누웠다. 이어 가정교사가 문을 노크하며 방 안으로 들어와 말을 건넸다.

"급하게 식사하셨나요, 세르? 식탁을 치워도 될까요?"

"밥을 편하게 먹지는 못했어요. 예전처럼요."

"그렇군요."

"어머니와 오빠의 대화가 불편해요."

"세르가 이 두 분의 대화를 엿듣는 거예요. 이분들의 대화는 크게 신경 쓰지 말아요."

"듣고 싶지 않아도 들리는걸요. 귀를 틀어막아도 들려와요."

"위층에서 나누는 대화 소리가 어떻게 들리죠?"

"속닥속닥 하는 소리요. 안 들리세요?"

"세르, 병이 더 악화된 것 같아요."

"헤르만세 왕국에서 혼자 지냈을 때가 더 좋았던 거 같아요. 저와 한 대화는 어머니께 말씀드리지 않도록 약속해요."

"약속할게요. 혹시 다른 약을 구해다 드릴까요? 마을 어귀로 가면 약을 파는 약방이 있거든요."

"저는 아프지 않아요."

"옆에서 지켜보는 제가 더 잘 알죠. 고통은 저와 같이 나누도록 해요."

"어머니가 헤르만세 왕국을 다른 왕국에게 넘긴다고 하셨나요?"

"아직은 정확히 결정된 것은 아닌 것으로 압니다."

"알겠습니다. 시간이 되시면 마시는 탕약을 좀 구해다 주셨으면 해요. 밤새 잠을 뒤척이진 않는데 일상에서 오는 두통이 심하거든요."

"알겠어요, 세르. 그럼 저는 문을 닫고 나가보겠어요. 만약 배가 출출하시다면 저에게 배고픈 시간대를 알려주세요. 음식을 방 안으로 가져다 드릴게요."

"부탁해요."

가정교사가 문을 조용히 닫고 거실로 나가자 세르가 크게 한숨을 쉬고는 오지 않는 잠을 자려고 이불을 뒤집어쓰고 두 눈을 감았다. 가정교사는 에네타 공주의 가벼워 보이는 발걸음을 뒤로한 채 조심스럽게 말을 건넸다.

"공주님."

"네, 말씀하세요."

"세르의 귀가 예민하신 것 같아요. 작은 발작을 일으키는 데 잠시 약방에 가서 몸에 좋은 따뜻한 탕약을 지어올게요."

"딸 세르가 거처를 옮겨 이 왕국에 적응하려면 시간이 걸릴 거예요. 파르셀로니 왕국과 헤르만세 왕국이 주는 두 도시의 분위기와 느낌은 현저히 달라요. 마을 어귀만 돌아도 사람들이 풍기는 사람 냄새부터가 다르죠. 모든 것이 달라진 지금 세르는 아가타 성이 누군가의 계략으로 인해 곧 무너질 것이란 예견을 하고 있어요. 그것은 물론 저도 느끼는 바가 같아요."

"그래서 저를 세르와 함께 이쪽으로 데리고 오셨군요."

"네. 아가타 성을 버리고 이쪽으로 피신할 수밖에 없었어요. 에르타 왕이 죽은 이후 백성들도 저를 크게 따르지 않는 것도 한몫하죠. 이 순간 제가 새로운 왕자를 받아들이면, 양쪽 성 모두 빼앗기는 것은 시간문제예요."

"헤르만세 왕국을 포기하셨다는 말씀이죠."

"네. 저와 제 아이들이 위험해지는 건 짧은 순간에 일어날 수 있는 일이에요. 그것이 모두를 무너뜨리게 만드는 거죠."

"네타와 세르가 공주님의 마음을 이해해 주실 날이 올 거예요. 저는 한평생 세르를 옆에서 지킬 각오가 되어있어요."

"저도 알고 있어요. 아무쪼록 무슨 일이 생기기 전에 세르를 데리고 피신하는 게 옳은 판단이라고 말씀드리고 싶어요."

세르의 가정교사가 짧게 목 인사를 마치고 장바구니를 챙겨 성 밖을 나섰다. 심심해진 네타는 세르의 방문을 짧게 노크했다.

똑똑똑–

"무슨 일이죠?"

"아, 세르…."

"……."

"방 안으로 잠깐 들어가도 될까?"

"네타, 오빠인가요?"

"응, 이것 좀 너에게 알려주려고 하는데."

네타가 오른팔 안쪽에 갖고 온 체스게임판을 보여주며 펼쳐 보였다.

"이게 뭐죠?"

"체스라는 게임이야."

"저는 지금 게임을 할 상황이 아니에요. 체스게임을 하고 싶은 마음도 없고요."

"이걸 단순히 게임이라고 생각해서는 안돼. 그 날의 운과 일어날 일들, 그 모든 상황을 미리 내다볼 수 있는 놀이야."

"미래를 내다볼 수 있는 놀이라는 거죠?"

"응…."

네타가 소심하게 대답했다.

"예지력은 저에게 필요 없어요. 조용하고 편안한 안식처면 그나마 다행이게요."

"미안, 세르. 너의 단잠을 방해할 생각은 아니었어."

"제 방에서 나가주세요."

날카롭게 날이 선 동생 세르의 쏘는 말투에 당황한 네타는 조용히 방문을 닫고 거실로 나왔다. 방문을 닫고 나가는 오빠의 모습을 보며 세르는 깊은 한숨을 쉬었다. 환각의 세계에 다시 발을 들이는 순간이었다. 세르는 손으로 벽을 가리켜 거울로 만들어 미래를 내다볼 수 있는 능력이 있었다. 무언가의 영혼에 의해 몸이 조종당하는 기분이 들었다. 검지가 커다랗게 원을 그리며 벽에 무언가 나타나기 시작했다. 하얀 말을 타고 원 없이 달리는 자신의 모습이었다. 힘없이 누워있는 자신의 처지가 가엾게 느껴졌다. 환각의 벽이 현실의 벽으로 만들어지고 눈에 반짝이는 조그만 요정들이 나와 속닥이며 말했다.

 – 에네타 공주가 새로운 왕자를 들이는 순간 너희의 모든 것을 빼앗을 거야.

 – 왕자를 받아들여야만 해.

 – 왕자가 없는 왕국을 봤니? 그들은 왕자가 없다는 이유로 파멸을 이야기할 거야.

 – 왕국이 파멸한다고?

 – 당연한 거 아니야?

 – 새로운 왕국의 왕자는 돼지 냄새가 너무 많아.

 – 새로운 왕자는 에네타 공주처럼 마른 남자여야만 해. 우리도 보는 기쁨으로 살거든.

 – 그런 게 중요한 게 아니야. 새로운 왕자는 아이만 갖게 하고 버릴 생각이거든.

 – 우리 에네타 공주가 버려진다고?

 – 당연하지. 애 낳고 버리라고 내가 신신당부했거든. 새로운 왕자는 나의 꼬임에 넘어갈 수밖에 없어. 나는 요정이거든. 누구든

정신을 지배할 수 있는 강력한 힘을 갖고 있어. 누워있는 세르가 내 말을 듣지 않는다면 나는 손을 조종해 양손으로 그녀의 목을 조를 수도 있다고.

– 봐봐. 내 말이 현실이 될 테니까.

세르는 침대 위 양손으로 자신의 목 중앙, 나비의 형태를 띤 중요 부위를 힘껏 누르며 발버둥을 쳤다. 스스로가 양 엄지에 손을 힘껏 주어 목을 조였다 풀었다를 반복하며 스스로가 죽음을 택하고 있었다.

네타는 멋쩍은 심정으로 방으로 돌아왔다. 가정부 메이의 빈자리를 크게 느끼며 혼자 하는 체스 놀이에 열중했다. 혼자 두는 체스가 익숙했던 네타는 여동생 세르와 친해지고 싶었던 마음이 컸던 만큼 가슴이 무너져 내리는 듯했다. 마음속에서 깊이 흘러나오는 한숨은 막을 수가 없었다. 깊게 파인 상처가 아물기도 전 네타는 늘 그래 왔듯 체스놀이에 집중했다.

탐욕과 진실된 사랑

　어머니인 에네타 공주가 사랑에 빠졌단 사실을 가정교사는 알고 있었다. 자신의 인생을 사랑이 없는, 감정이 메마른 사람으로 산다는 것은 다른 사람이 자신의 감정을 지배하게 놔두는 것과 같았다. 기존 알고 지내던 텔레나 왕국의 왕자가 에네타 공주에게 새로운 약속을 제안했다. 에네타 공주는 아이들을 버리고 자신에게 오라고 말하는 왕자에게 오랜만에 사랑을 느꼈다. 에네타 공주는 그 순간 다 큰 아이들을 위해 자신을 헌신하는 것은 참 슬프다고 생각했다. 에네타 공주의 외모는 현실 세계와 동떨어질 만큼 인형 같은 외모를 소유하였고, 에르타 왕 역시 그 누구보다 예쁜 외모를 가졌었다. 그리하여 누구도 그 둘의 잉꼬 같은 사랑을 탐내지는 못했다. 에네타 공주는 평생 놓지 못했던 에르타 왕과의 아린 추억을 잊기 위해 노력했다. 그 무언가에 이끌려 불같은 사랑에 빠진 에네타 공주는 아이들을 뒤로하고 자신의 여생을 텔레나 왕국의 왕자와 함께할 것을, 감정에 충실하기로 결정했다.

가정교사가 약방에서 돌아왔다. 직접 주문 제작한 약이 세르의 체력을 회복하는 데 큰 도움을 주었다. 세르는 어머니의 잦은 외출을 보며 남자가 생겼다고 의심했다. 어머니는 바람난 사실을 들키고 싶지 않아 헤르만세 왕국을 버리고 자신을 파르셀로니 왕국으로 데려온거라 생각했다. 세르는 에네타 공주가 성에 돌아오기만을 기다렸다. 조용히 거실에 앉아 생각에 잠기다 드디어 어머니를 마주친 오늘, 세르는 침착하게 말을 꺼냈다.

"어머니."

"세르?"

"저를 이 왕국으로 오라고 하신 이유에 대해 묻고 싶어요."

"다른 큰 이유는 없다."

"아버지가 생각나진 않으신가요?"

"그건 우연한 사고였어."

"전 아버지를 생각하면 잠이 오지 않아요. 이곳으로 와서 아버지에 대한 기억이 더욱 간절해져 사진을 들고 한참이나 울었어요. 남들에겐 참 가슴 아픈 사연으로 비춰지죠. 다른 왕자를 받아들이기 위해 제가 자라온 헤르만세 왕국을 버리신 건가요?"

에네타 공주가 딸 세르의 뺨을 거칠게 내리쳤다. 세르가 고개를 떨구자 에네타 공주가 말했다.

"나를 그렇게 몰아가는 건 용서 못 해."

"어머니는 이 왕국의 공주에요. 제가 순순히 헤르만세 왕국의 자리에서 물러난 것은 생각 안 하시죠? 어머니는 어릴 적부터 제 자유를 침범하셨어요. 지금도 한 치의 양보도 없이 저를 구석으로 몰아 아무것도 못하게 하시잖아요. 이 왕국을 지키라고 하시는 건 저를 평생 죽은 나무로 살라고 명하는 것과 같아요."

"거세어 부러진 나무보다 말라 삐뚤어진 나무가 더 보기 좋다. 내가 살아있는 이상 그 어떤 왕국도 우리를 무시하지 못해."

"어머니가 텔레나 왕국의 왕자와 바람났단 소문이 파다해요."

"그 소문을 믿는 거니?"

"텔레나 왕국의 왕자는 분명 어머니와 저희 왕국의 대를 이을 왕자를 갖길 원하겠죠. 그것이 그 왕국을 부흥시키는 일이니까요."

"너희가 왕국을 지키고 있지 않느냐."

"왕국을 지키는 것만큼 중요한 것은 없지만, 만약 새로운 아버지를 맞이하신다면 전 결코 어머니 곁을 함께하지 못한다고 말씀드리고 싶어요."

"내 곁은 항상 너의 아버지인 에르타 왕과 함께였어."

"저희를 버리고 어디론가 떠나실 것만 같다고요!"

"그게 두려운 거니?"

"네, 두려워요. 어머니가 없는 제 인생은 죽음과 같아요."

"만약 내가 텔레나 왕국의 왕자와 새로운 아이가 생긴다 하여도 너희와 나의 인생은 따로 흘러가겠지."

"무슨 뜻이죠?"

"너는 헤르만세 왕국으로 돌아가도록 해. 그곳에서 너의 잘못이 무엇인지 깨닫도록 하여라. 그곳으로 가 너의 왕국을 평생 지키도록 해. 혼자 살든, 새로운 왕자와 살든 이젠 너의 자유다. 이곳을 당장 떠나라."

"어머니, 제발 저를 잡아주세요."

"넌 이전부터 우리 가문에 대대로 내려오는 큰 왕비를 받아 들인지 오래다. 그것이 너를 지키는 수호신이며 헤르만세 왕국의 가문이다. 앞날을 훤히 내다보는 너의 예지력을 무시하지 못할 터이니 너의 갈 길을 가거라."

"지금 당장 떠나시라는 말씀인가요?"

"떠나라. 나를 무시하는 그 어떤 말도 나는 이제 용납할 수가 없다. 더 이상 너를 마주하고 싶지도 않다."

세르의 두 다리는 풀려 버린 지 오래였다. 살짝 볼록하게 올라와 있는 어머니의 배는 새롭게 태어날 아이를 품고 있었다. 이렇게 틸레나 왕국의 왕자를 받아들여 그곳의 왕비가 될 운명이 정해진 셈이었다. 세르는 얼굴로 떨어지는 눈물을 닦아내며 말했다.

"어머니 마음대로 하세요. 이제는 저도 제 왕국을 지키겠어요."

"지금 당장 떠나거라."

"저를 찾지 마세요."

세르는 옷가지를 몇 벌 챙긴 뒤 말을 타고 자신의 왕국으로 돌아갔다. 에네타 공주는 텔레나 왕국으로 가서 이름을 텔레나 왕비로 바꾸었으며, 파르셀로니 왕국에는 네타와 엘이 함께했다. 네타는 마을 사람들을 초대해 파티를 진행했으며, 엘의 어머니와 하럼 할머니가 지켜보는 가운데 성대한 결혼식을 올렸다. 태어나 한 번도 입어보지 못했던 다이아몬드가 가득한 드레스를 마음껏 입게 된 엘은 파르셀로니 왕국의 공주가 되었다. 네타는 자신의 대를 이을 예쁜 딸아이를 갖게 되었다. 딸 아이의 이름은 엘로니 네타. 엘과 네타의 이름을 합쳐 지어주었다. 네타는 엘의 가족들을 왕국으로 초대해 다 같은 한 가족이 되었음을 알렸다. 파르셀로니 왕국에서는 조금 특별한 날을 정하여 이들을 축복해 줄 무도회를 열었다. 사람들의 떠들썩한 웃음소리, 행복한 미소가 떠오르는 음률이 왕국에 싱그러운 가을이 왔음을 알렸다. 가을의 단풍이 바뀌고 하루 사이 벌어진 파티는 마을의 모든 사람이 함께했다.

크리스마스이브

푸른색 성.

"곧 파르셀로니 왕국의 푸른색 성은 너의 것이 될 거야, 엘. 이전부터 꿈꿔왔던 왕국이지. 아름다운 정원과 사냥을 할 수 있는 넓은 산책로, 높은 담으로 둘러싸인 이곳은 어떤 위협에서도 보호받을 수 있는 곳이야."

"에네타 공주가 이 왕국을 우리에게 순순히 넘겨 줄까요?"

엘이 흔들의자에 앉아 뜨개질을 하고 있는 하럼 할머니에게 말했다.

"아름다운 그녀의 인생을 가로챌 수는 없지."

"에네타 공주는 이미 이 왕국을 떠났어요."

"이것은 모두 너와 네타 둘의 계략이란다."

"무슨 뜻이죠?"

"너에게 아름다운 드레스를 입혀놓고 많은 사람들을 초대해 파티를 열고 결혼식을 강행한 거야. 이별과 외로움, 사랑이란 타이밍을 두고 말이다."

"할머니, 저는 이전부터 궁금한 게 있어요. 에르타 왕이 함정에 빠진 게 아닐까요?"

"함정이라⋯."

"에르타 왕이 죽었다는 소문은 마을에 퍼지지 않았어요. 그것이 이상해요. 말을 타다 떨어진 것을 제가 목격했어요. 만일 절벽 위가 아니라면 에르타 왕의 목숨을 구할 수 있지 않았을까요?"

"우리가 그것까지 궁금해야 할 필요는 없어. 우리의 목적만 확실히 하면 돼."

"에네타 공주가 파르셀로니 왕국을 떠난 이후 네타는 저에게 어머니의 공주 자리를 물려주었고 네타는 아버지의 대를 물려받아 푸른색 성을 지키게 되었죠. 제겐 사랑이란 감정이 더 커요, 할머니."

왕국의 물건을 훔쳤다고 쫓겨난 가정부 메이가 다시 왕국으로 돌아와 이들의 대화를 듣다 화들짝 놀라 뒷걸음질 쳤다. 메이는 네타가 쉬고 있던 방의 문을 두들겼다.

"네타."

"무슨 일이죠?"

"아, 여태껏 풀리지 않던 의문이 풀리는 순간이에요."

"그래도, 이렇게 갑작스레 방문을 여는 건 용납지 않아요."

"방금 전 저희 왕국에 계신 분들의 대화를 몰래 듣게 되었어요. 결혼식을 강행하신 것도 그렇고 에네타 공주가 떠나신 것도 그렇고, 그 모든 게 사실인가요?"

"그 일들이 궁금해서 문을 열고 제 방에 들어온 건가요?"

"네."

"다른 왕국의 왕, 왕비와 만찬의 시간을 갖게 되면 알게 될 거예요. 왕국을 노리는 악의는 독약이 든 술잔을 기울이게 만들죠. 독약이 든 것임을 알고도 술잔을 비운다면 그것은 죽음과 맞바꾼 술잔을 비운다는 것과 같죠."

"겁나지 않으세요?"

"이미 저들은 제게 유일하게 초대받은 손님으로 이 왕국을 방문했어요. 누군가 이곳을 쳐들어와 푸른색 성을 빼앗을 마음을 갖기 전 저는 엘과 결혼식을 올린 거죠. 우리 둘 사이에는 이미 딸 아이가 있어요. 엘과 나의 사이는 누군가 함부로 단정할 수 없는 사이에요. 끊어지지 않는 샘물 같은 거죠. 메이, 이곳에서 보고 듣는 것들을 저에게 전달할 필요는 없어요. 저들을 마을로 돌려보낼 필요가 없다는 뜻이죠. 엘의 가족들과 많은 대화를 가져서도 안 돼요. 최대한 예의를 갖추고 말을 아끼도록 해요."

"네. 그럼 저녁은 어떻게 할까요? 만찬을 준비할까요?"

"오늘 저녁, 만찬과 함께 엘과 엘의 어머니가 입을 아름다운 드레스 한 벌을 준비해 주세요."

"네. 특별히 원하시는 색상이 있으신가요?"

"하늘색과 연노랑 색도 괜찮을 것 같아요. 드레스들은 그녀들의 침대맡에 두도록 해요."

"네."

메이는 정중히 고개를 숙이고 네타의 방에서 나와 엘의 드레스 룸으로 향했다. 많은 드레스 가운데 네타가 좋아할 법한 드레스들을 골라 엘과 엘의 어머니 방 안에 두었다.

저녁 시간, 드레스를 입은 엘 공주는 네타의 앞으로 다가갔다. 어릴 적 몰래 초대받았던 그때 당시를 회상하게 만들었다. 둘은 양손을 맞잡고 한 걸음 두 걸음 앞으로가 춤을 추기 시작했다.

"엘, 하루가 다르게 예뻐지는 것만 같아요. 얼굴에서 비치는 후광이 눈부셔 눈을 뜰 수가 없어요."

"옷이 날개라고 하잖아요. 이 드레스가 크게 한몫 하죠. 메이의 옷을 고르는 눈썰미는 그 누구보다 높군요."

"푸른색 성 안의 공간이 허전한 것 같아서 그런데, 이 왕국을 더 아름답게 꾸며 주겠어요. 동의하세요, 공주?"

"음, 이 왕국은 지금 이대로가 좋은 것 같아요."

"그냥 두는 게 좋다는 뜻이죠?"

"네."

"난 공주의 입장을 좀더 배려해서 이 왕국을 멋지게 꾸며 줄 생각이었어요. 돌아가신 아버지의 손길과 떼가 여전히 남아있는 것 같아 안타까운 마음이 가득하죠."

"아버지의 손길이 그대로 남는 것이 왕국이 대대로 잘 되는 이유라는 생각이 들어요, 네타."

"엘, 춤은 그만 추고 식사를 시작하도록 할까요?"

"식사를 시작하죠."

부엌 한 켠에서는 장작이 타닥타닥 타들어 가는 소리가 정겹게 들렸다. 추위가 시작되진 않았지만, 겨울을 준비하기 위해 산속에서 구해 온 상록수 나무는 트리를 꾸미기에 충분했다. 바닥에 널브러진 트리를 꾸미는 장식품들이 한가득 쌓여있었다. 딸 엘로니 네타와 함께 보낼 완벽한 크리스마스이브, 네타는 엘로니 네타가 태어난 12월 24일을 축복하는 축제를 열기로 마음먹었다.

눈이 내려 추위가 시작되기 전, 네타는 닫힌 성문을 열고 성대한 축제를 열었다. 마을 사람들은 축제에서 먹고 마시며 즐겼다. 파티가 끝나는 순간, 파르셀로니 왕국엔 저장해둔 곡식이 넘쳤고 영원의 샘물에서는 깨끗한 물이 흘렀다. 축제는 생명의 탄생을 알렸다. 크리스마스라는 축제에 대해 영원히 기억하기를. 그 후로 이 날은 태양의 탄생일이라 불렸다. 태양의 탄생일에는 왕족과 평민의 빈부 격차가 사라졌다. 그날, 모든 왕국 사람들은 행복했다.

세 명의 왕비들

초판 1쇄 인쇄 2022년 01월 18일
초판 1쇄 발행 2022년 01월 25일

지은이 원윤서
펴낸이 류태연

펴낸곳 렛츠북
주소 서울시 마포구 독막로3길 28-17, 3층(서교동)
등록 2015년 05월 15일 제2018-000065호
전화 070-4786-4823 | **팩스** 070-7610-2823
이메일 letsbook2@naver.com | **홈페이지** http://www.letsbook21.co.kr
블로그 https://blog.naver.com/letsbook2 | **인스타그램** @letsbook2

ISBN 979-11-6054-528-9 03810